甜蜜編年　王俊雄

菩提無術

我不是一個美男子
也不是一尊石達摩

我不是個好男子
也不是個善男子

我不見任何勝諦
從未算恆河沙數

偶向天地合十
頂禮朝霞晚霧

身既同菩提無物
又恐是明鏡需撫

既願法有雙全
得見如來與卿

如來讓他先走
獨留卿可同遊

能愛應無所住
因妳獨生其心

龍天向有八部
夜叉修羅共舞

受想行識坐臥
萬般無法強求

指尖越過宇宙
麋鹿駐於雅歌

汝既可生人間
居然安放星辰

萬般皆是法門
心是尖上首席

情愛本是外道
原是無中創造

至於泡影電幻只是呢喃爾爾

目錄——

自序——

碧土無冬

屏東從前分屬兩個縣治，恆春與鳳山。

戶籍上的出生地是車城鄉海口村，過往屬恆春縣治，而屏東對我來說實則是一個非常廣闊的長條型泛故鄉。如同一艘巨大母艦，而我所在的船艙，就是我所屬的村落，其實小得跟碎片一樣。我在恆春新興路出生，剪完臍帶才抱回家。

這個半島有點荒涼但志不窮，志不窮其實就是赧然婉轉的表達這裡向來不太富裕。

連省道也都只有一條，從車城往恆春方向的在海口港之後會分成兩條，一條是省道，也就是屏鵝公路所謂的台二十六。雖然早已廢省，但我卻無法了解，沒有一條國家級的道路為何可以通往墾丁國家公園。不過假日或過節，僻處島南的省道，則有首都級的塞車。像是雅加達或是曼谷一樣的首都。不過怎麼塞，也都只會通過地貌外觀類似的村落。另外一條道路沿海而行，所謂替代道路。是我最喜歡的道路，無可替代，這條路經過萬里桐。沿著海，經過山海國小，白砂，停一下，我小時候在這邊參加過一二屆的春天吶喊，然後這條路會在核三廠跟省道會合。

我必須停在萬里桐這個地方，曾經我在這個海邊看見最美的愛情，愛情的詳細內容不適合在這說，在這說會岔題。當時，我對著那個人，喃喃說著有關我的故鄉的使用說明。如同當兵演習摸黑在野外用手電筒讀那些幾乎沒有使用過的嶄新戰地設備一樣。這段使用說明大致如下。

萬里桐海邊那樣立體的空氣會把所有的人類製造的假光芒吃掉。海的維度，樹木土地的維度，星光的維度，還有我曾經愛著的那個人眼眸微微亮光的維度，這些維度構成那時候銀河照耀的空氣，虛假事物輕盈的被摧毀，那抹在心板上爆炸的光，比演習時候的海上軍艦的長程火砲還明亮。

這個曾經對我人生燈火管制了很久很久，有她在的萬里桐，光芒都來自銀色波浪星星月亮還有她眼底的光。

不知道的人走這條道路，會以為那邊是有點恐怖的地方，好暗好恐怖。其實，那是真正棒到天地靜好的海邊，那才是海邊，我要大膽說一句，你所經驗過的海邊都是假的海邊。騙人的，其實只要是有裝設路燈的，都不是海邊。

哪裡是什麼狗屁股海邊。到處看得到可愛的狗屁股，都只是騙人的濱海步道而已。

我故鄉這種才是真正的海邊。因為這種海邊沒有路可以走。

真正的海邊沒有人類的光和鹽，沒有人類的石頭，像是混凝土，沒有人類的路。海邊的美麗跟愛情一樣。只有完全自然才可以相信，而且人們自然會相信。

走在這種海邊，才會知道真理道路，才能知道生命。

耶穌也最喜歡去海邊！祂一定會喜歡這裡。叫所有人來做醒禱告要大家不要踩到陸蟹。

真正的海邊不是讓人類去的。就像真正的愛不會有別人在。只有那個曾經。是上帝造的生物才可以去的地方。對了你知道嗎？上帝不是宗教。大抵上是一種無明創造的源起之力。祂製造了海邊還有我的故鄉。宗教是後設歸類的不是嗎？這些後設的狗屁股都是狗屁股啊。先驗比後設真實多了。狗屁股則可愛極了。

例如親吻。我故鄉的海邊適合親吻，極為適合，推薦世界上的所有情侶來這親吻。

我願意假設一次親吻跟分析任何親吻的經驗。以便創造滿意的親吻。前提是要來我的故鄉，不過這種假設都是愚蠢的狗屁。

親吻就是當下。經驗你跟他還有那個不可替代的曾經，我很開心有這個不可替代的故鄉。

回到那個沒有人類的光的萬里桐。

我在這裡看過在樹木跟銀河在親吻。這只是海邊的一個角落，每次很晚的時候，我就會看著天空，想要連結到萬里桐。想要回到故鄉，想跟陸蟹一樣橫行在柏油路上，生死由天，

就算死掉了也在熟悉的土地上乾癟粉碎。

就算我是被壓扁的陸蟹。跟故鄉不可分開的命運也是我最甘願的輪胎。所以我總是想回故鄉。

是這樣的，一個海邊的村落，座落在演習彈砲彈著點附近的這個村落，是我的生長的處所。也是演習跟愛情所在的地方。

小時候，我一直以為一個人的生命世界樣貌，原本就是尋找各處破碎成片存在的自己，活著書寫是天生的任務，好將碎片拼湊起來。

出生在車城海口這個碎片村落裡的孩子們，通常都移居在外，而我，每當電視上國家領導人在全面軍演致詞的時候，總會想對別人指明，那地面上一圈圈白色的圓形，是不是很像跟英國麥田圈比起來較遜色的外星人弄出來的詭祕圖案，縱線跟橫線交錯的地方就是靶心，那從海上飛來，如同任天堂遊戲超級瑪莉中那黑色炸彈雙手握拳肩負天使翅膀，咬著牙齒飛過來的砲彈所炸的就是自己出生地的渴望，這樣的念想總被電視上軍演，隨著演習總指揮官的旗幟，從海面上打過來的的砲聲轟碎。那個總指揮通常是總統。

演習總會伴隨著嘩啦裂開啪啦碎掉的零落話語聲音，演習現場，電視轉播，或是演習過後都是。這些叨叨絮絮的聲響如同活著的某種腔腸動物，繼續抖著抖著悄悄爬回我自己的心裡然後再在身體裡繼續爆炸。

這很像膛炸，應該打出去的砲彈，卻在我自己的口腔內炸開，鋼質碎片般的沿著鼻腔割開我自己的鼻咽管，體液被逼往眼膜，鼻腔像醋抹過。我卻沒有辦法清除丟棄這些碎片，因為，我必須仰賴這些碎片，在我腦中，嵌錯搭築著這個零落散亂的故鄉。但因為身體將之包裹，卻用堪稱完整的故鄉。

幾乎所有的故鄉人都會有這樣的技能，將跟故鄉有關的碎片拼湊起來，而拼湊當須賴以黏著接牢的黏著劑，挑選起來不太容易，但是故鄉長輩的現場演出，讓我知道這是接合村落面貌的唯一方法。

流血流滴。流血通常是一些傷害，流滴大抵是在說血流很多滴下來了，但也包含形容了滿臉的淚。

血珍貴，最容易取得的是眼淚。尤其是老人們的，他們被動主動的成天在哭，生理因素跟心理因素都有，年歲日月讓他們的淚水可以不因為情緒而終日汩汩滲流，或者是因他們的

情緒正提供淚水終日汩汩滲流的脈絡，故鄉的老大人總是能夠，成日拼貼著這些來自四面八方的碎片，用他們的身體裝起來，碎片被沾黏得很牢很牢，因為老人的目油很厚很稠。

故鄉牢牢固固的被這些釘在省道邊，小巷中，電線竿附近，廟前，樹蔭底下，村里長辦公室門口，父親節母親節重陽節敬老金發放處的某個棚架下面，最多的就是那些賣著各種不知道品牌的小賣店的小小桌子前，通常那桌子上面會有一個楚河漢界，有時候有人下棋，玩十三支，賭十胡也就是四色牌。演習的時候砲聲隆隆，而桌上跟嘴邊也是戰火連天。釘成上帝桌前的沙盤推演，天使天軍圍繞吹起號角。但是總被炮聲遮掩。

人世眾口，總是譁然高聲多言。天上的聲音人們比較容易聽不見。

這些以零碎話語跟各類賭資為主要砲彈而產生的碎片，有灰色鐵片的尖銳質感，紅色油漆的化學氣味，混合著老稠淚水這種半透明水滴狀的規則滲流，當然也就更適合作為用來黏合山海雲霧風光浪濤的主要接著劑，不過，我剛就說了，這不是最高貴最高等級的黏著劑。

我說過了，最牢固的是血。

血，通常伴隨著發生事件的那一部分記憶，流進相關的人的身體，一整片，一定黏得牢

牢的。大大小小的生存戰役，夫殺妻，妻殺夫，子弒父母，夫妻虐子而亡的血，七零八落的四散在各處，泊著血漬，像打水漂一樣的在各處鄉親的腦海中跳啊跳的，從這灘血，然後跳到另外一灘血，另外一種接著的方式。那個血紅色的跳躍航道，是人絕難忘記的鹹腥索引，畢竟這個村莊是被拿來當作演習的地方，是的，演習視同作戰。

每次想到故鄉，就是想要回到戰場，這樣念頭的速度，如同《駭客任務》那種的。一開始都會用想的，想念屏東的時候，腦中就會自動計劃回去的方式，比 Google Map 還快。在真正抵達之前，我已到了屏東。我可以隨便超速不買高鐵票不用搭客運直接瞬間回到那個省道邊的小屋。

所以我看到綠色為主調的《駭客任務》的時候我分泌了很多黏著劑。眼淚，放心我沒有流血。我們試著從海上往岸上看，如同那些會打擊落點的砲彈。

你看，我的故鄉墨綠淺綠紺青靛藍混則成碧的那樣靜默，靠著我們結鑄成這個老實說幾近無冬的巨艦，那些鑄邊蜿蜒如同浪濤白緣。我的母土屏東，帶著我緩緩開航。遠離這土地，但又讓我從來沒有離開過故鄉。

這艦始終無冬，而我，則在這一艘始航行不斷的愛中。

列傳

一、東京的京都人黑田澤子

說起京都人，我都想到我在東京東日本電通，當約聘創意人員的正牌社畜上班族時光，因為當時我有一個京都人同事，我看過她中午帶便當，不是我誇張，是她真的好誇張，每餐都是七品。

她捏出超美的飯糰，做出一盒又一盒的冷菜。分開擺放在桌上。看過去根本就是去料亭的外送。每次看她吃飯都像是一種儀式，她像是神社前的繼承家業的巫女，那一開一闔的眼與睫毛，就像一種通靈的舞蹈，又如祈謝又如引神前來，彼時剛到日本的我，總會因此更相信，日本就是萬神之國，眾靈之境。

接著看她優雅，並不急迫的，十分鐘吃完。嗚嗚嗚。每次我都會想到《金閣寺》的描寫，更會想到只有十幾分鐘左右的桶狹間之戰。想到戰國時代也是有原因的。畢竟黑田她是武家

的後代。而我跟三島由紀夫同一天生日。

黑田樣，她完全保持京都腔。我可是後來跟她熟絡後，才知道她是黑田家的後代，嚴格說起來是滋賀縣人，不過她爺爺爸爸的爺爺爸爸們從小就住在京都，只不過他們家公司設立在大阪。

知道她家世顯赫之後，我的尊敬之心油然而生，畢竟我是一個藤吉郎腦粉跟石田三成腦粉。

可是你們根本就不是京都人啊！我說。

京都最在地的大概就是佛像和尚跟鬼魂吧。京都人的傲氣，應該是從身為首都來的吧。這樣說起來你們只是比較古老的江戶人也就是東京人啊。我繼續胡亂的說著。

她仔細聽完我的胡謅後，眉頭微皺的說了一句日文，是的，我聽不懂，因為她是我的翻譯官也就是直屬的翻譯人員，基本上她不跟我說日文的。我想說幹我得罪她了嗎？但就算了，反正我常得罪人沒差啦。而且雖然我是約聘的，但畢竟我是主管應該不會怎樣。當時這樣想的我，真的太天真了。

隔天早上她問我中午可不可以一起用餐，我說好想吃什麼我請（其實是公司出），她說不用了她有帶便當，我說那好我自己買，她說不她有替我準備，幹太感人了。這就是我看到便當的典故，於是我就跟她一起吃了那種厲害的京料理便當，不過當然沒有十分鐘就吃完。吃了二十五分鐘。然後我就又被叫去看稿子跟打樣的顏色了。

但剛剛那二十五分鐘裡面，對我來說是驚心動魄的二十五分鐘，她很嚴肅也溫柔的，跟我介紹了他們家族的血統，乃是黑田孝高的後代，雖然祖先有住過福岡，但是他們這一系的一直都住在近畿附近，滋賀縣京都都住過，並不是故意要沾京都的光，但做為人質只能一直住在京都。希望我能理解他們的苦衷。幹靠北啊我一個外國人理解三小。我一直跟她道歉。太尷尬了。

她在我們公司是很特別的流派，也就是名門派，所有的名門，就是名門，不是台灣這種建案什麼名門大安的名門，就是那種四五百年大名的武家後代，至今仍未衰亡壯大的，名門後代。

日本電通，是全世界最大的廣告公司，是個階級派閥重到攝護腺腫大那麼大的商社，有早大派，慶應派，東大派，設計創意有海外派，在日派，名師派等等，但是以上這些派閥，面對名門派都是狗屎。

最重要的就是這些名門派，名門派分成客戶名門，政治名門，商社後代名門等等，黑田就是名門派的。

而且黑田在各派都吃得開。她讀的是東大，東大派是帝大派的首領派閥，她又是客戶名門派的，因為她家也是大客戶，而且家族裡又有議員，所以也是政治名門派的，然後她爸爸是商社取締役所以也是伊藤忠淵源的關西名門大派閥的，她在公司，根本就是一種神存在，女神。

並且，她又去英國留學還來台灣學中文，是旅外派，所以在公司是各種重疊根本無比立體超越象限的高階派閥存在。能夠分來讓我當翻譯官，是超級神奇。大概是因為她會台灣腔中文吧？

基本上像我這種日文智障，是不可能來到本社擔任任何職務的，我的等級大概就是海外中國語支社的創意

總監而已，大家看到這不要生氣，二〇〇一年的日本台灣的國語也是中國語，只是台灣中國語。不過我剛好運氣好，一開始分配給我的翻譯官是一個中國永住阿北。每天都比我兇，每天都在教我怎麼做人，我就罵他幹拎娘，拎北是創意，腳本有過比較重要吧？你教我在教殺小啊。阿北應該氣死了，安靜退開。但他絕對不會放過我這個小毛頭，畢竟當時我才二十八歲。根本不到他歲數的一半。

中國永住阿北就在公司講我壞話，然後聯合ＡＤ阿北一起搞我，說聽不懂我說的無法幫我做稿。沒看過這麼爛沒有邏輯的誣陷的，你負責翻譯然後說我聽不懂，是在講漫才笑話嗎？但其實這在公司是很有用的，很多外國人就是因為這樣被翻譯說，他說的我們聽不懂就被趕回自己的國家了。但是，永住阿北竟然就被以中文太差換掉了。哇啊啊啊哈哈哈哈哈哈啊哈，這更扯更沒有邏輯，不過對我來說幹實在太爽了。然後來了一個香港熟女阿姨，她就是我的福星了。而且她也是黑田的師父，但是！她是我在日本電通恩人的，額額額小三啊啊啊啊啊。

日本根本就是厭女之國，任何女性在職場都是一種物品，好用的物品，好看的物品，或是好使用的物品，每次聽到他們在討論女性同事我都會離席，有一天香港阿姨發現了就跑來跟我說話，我就說破你阿木。她就笑了，然後阿姨就跟我說她古川先生的那一個。(比小指，我覺得媽呀也太像日劇了) 然而，在日本的時期，她是很幫我的貴人。

香港阿姨住在新橋的初階員工大樓，那裡真的超爛的，樓下二十三小時都有醉漢跟流浪漢，剩下的一小時都在驅趕跟報警，我住在銀座的高級員工宿舍，我想大概其他人都會下樓把錢花光，宿舍對面就是Mikimoto。但為何他們不買珍珠粉？這個在心中成為永遠不敢問客戶的問題之一，但我問過黑田，她笑了。

黑田說，他們家不會吃養殖珍珠公司出的珍珠粉，我心想這什麼貴族語氣？可珍珠粉不都是養殖的嗎？我弱弱的回了一句，她帶著深不可測的微笑看我，我知道，當她不想回答的時的表列表情之一，就是這樣。

我突然想起我剛進公司就看過她，當時不知道她是翻譯官還是什麼職務，我只記得我在公司樓下大廳，用破爛英文問她想去的地方怎麼走，她中文回答我的時候，我就記得她了，她竟然會注音！我當時完全被嚇到，好厲害啊我五十音怎麼樣都背不全。

爾後，我跟香港阿姨提到黑田，阿姨說黑田在公司地位崇高，可因為是女性，還是被歧視。

蛤這樣的身分也會被歧視？

用回憶的方式來書寫往事，往往容易時間軸混亂（其實這是作者的責任），黑田跟我說珍珠粉的事情時，她已經是我的翻譯了，但因為剛好寫到就順便講完了，阿姨幫我翻譯腳本跟開會口譯很順利，她是黑田的香港話家教。

是的，黑田也會講香港話，她在我心中完全就是個女神，當時的我，完全沒想過有一天她會成為我的生活的一部分。因為工作時候的黑田跟我一樣，都是嚴謹非常的。

加上她在公司與人相處的分際上是極為嚴肅的。我不敢隨便跟她說話。

香港阿姨擔任我的翻譯三個多月後，我工作完全上了軌道，每天雪片般飛來的工作單跟信件，日本電通不會浪費約聘人員的任何一秒工時，香港阿姨都像碎紙機一樣簡單吃完，幾乎可以跟我同步寫完所有的提案，我在寫創意概念的時候她就會在旁邊聽跟看，可惜這樣的好日子卻很快的結束了，因為阿姨要跟古川先生去仙台了。幹那我怎麼辦啊？阿姨說沒關係，要我去跟上面要黑田當翻譯官。我上面只有古川先生啊。

憑藉古川先生在公司的影響力跟勢力，要讓黑田來擔任我的翻譯官是很困難的，連早上開會桌上有咖啡都很有困難，古川先生到底怎麼把我弄來東京的真的也讓我百思不得其解。

黑田本身是專務與常務取締役們專用的高階翻譯官，香港阿姨說，讓黑田來幫我只有兩種可能，一種是黑田自己申請，一種是我跟上面強烈要求，強烈要求古川先生真的是比直接去當太空人還難，當時我內心非常的擔憂這件事情，香港阿姨一走，之前建立的工作模式會立刻毀壞，不管新來的翻譯能多快上手，都要磨合一陣子，一磨合，工作可能就沒了，好不容易穩定的狀況一定會遇到挑戰跟質疑，電通這種怪物商社的節奏極快及極無情，而且處處都是責任陷阱。我提醒要小心。好笑的事我也不知道要怎麼小心，我根本無能為力。過去我記得的任何電影或是漫畫中主角的聰明才智與臨機應變，都是假的，在現實的社會中，我只能逆來順受或是束手就擒而已。

為了這件事情，我不想放棄在這工作的機會，我立下死志般決定去問黑田，或說其實是拜託，在工作上的時候我完全不會想到男女感情的事情，因為我的內心一直都是個小胖肥宅，在我國中高中的時候，我都是這樣的自我認知，談戀愛八卦什麼的應該都與我無關。在電通的時期每天都在工作應酬應酬工作工作工作精神壓力超大更不會想到這些，可是我內心很喜歡黑田，掙扎。

覺得表達希望一起工作之後對她來說我的形象就破滅了吧。雖然我沒有什麼形象。但是我在社內的報紙上的照片看起來也是人模人樣的，一起工作之後。她很快就會發現我是小胖肥宅了。不過為了工作的目的跟她聊天我覺得很自責，所以我想了很久決定保持在工作上提

供她更多更寬闊的發展，並且會用同等的身分來對待，不會把她視為職場次等人。

之後我雙向進行，一邊寫信給黑田，一邊跟上面要翻譯，阿姨離開東京的日子已經確定了，我對這件事感到擔憂，如果阿姨走了我就要花時間培養默契，要是跟之前那個永住阿北一樣我就大ㄔㄨㄚˋㄙㄞ，速度超慢，又不懂日本文化瞎爆。石器時代加入電通的吧？上面回覆不行，因為黑田是本社社員。我是東日本社員。

日本本土的高級貴族血統社員，很少會願意調來東日本社。而且我的工作證是東日本開給我的，他們說我異想天開，當時是冬天，東京正在飄雪，我覺得很挫折，很難受，我跟阿姨講了這個消息，阿姨跟我說不要擔心，古川先生也會幫我，她要我先去找黑田，可是黑田沒回信，我又跟她超不熟，對，不要隨便自己覺得跟日本人很熟，只要不熟就是超不熟，香港阿姨說她幫我問問看，能不能找她聊聊。

其實社內的歧視是非常嚴重的，不論是對女性，或是對外國人，我一半賭氣一半是真的沒時間，一直無法好好學日語，勉強用著超破爛的英文硬撐過平常提案，不會說的就閉嘴，想腳本就盡量想那種沒有旁白的，不需要對話的，不用文案的，英文口語真的進步神快，東日本電通的人覺得你一個台灣小屁孩能來日本工作就已經要感謝祖先了，還想高攀本社的高階人員，說真的，我在日工作期間，那時候沒有什麼台日友好，對我自己所接觸的工作合作

對象來說，亞洲分成兩種人，日本人，與不是日本人的人。他們說那叫外人，我是一個外人，外國人。對很多合作的公司內部成員來說，是麻煩。

我其實不知道古川先生哪根筋不對勁，才找我來東京上班，我連日文都不會啊。社內很多人都這樣說我，永住阿北超愛轉述，不喜歡他有一部分原因也是因為他常把我當成跟他同類，要我服從，跟隨，跟日本人打好關係，才能存活。但我跟他不一樣，我是來闖蕩出成績，不是來聽話跟服從的，要聽話我就不來了，我又聽不懂他們的話。

黑田的回信，很快的寄到我的信箱，她說依照公司規定，她沒辦法擔任我的翻譯，這有職級上的問題，但是我要是有工作上的語言需要，她可以找時間幫忙，於是我又開始想破頭，這是委婉的拒絕？還是真的願意幫忙？於是智障如我又回信問她說，是客套的說願意幫忙？還是真的可以幫我？因為香港阿姨不在了，只有妳黑田來台灣學過中文，我又不確定妳的意思，只好冒昧問。

十分鐘之後黑田就回信了，她說她可以幫忙，是確定的，請我不必憂慮，如果她認為不可以，也會明白表示，收到信後，我去製管的辦公室看打樣，已經快八點了，這天難得不用應酬，我就打給香港阿姨想找他跟古川先生吃飯，他們說他們在附近的串燒居酒屋，要我過去，我把東西收一收，走到門口的時候開始飄雪。小小的細細的，掉在臉上的時候，變成水珠的樣子。

臉上的水珠越來越多，邊走著我就邊哭著，我慌了，這一生沒有家人長輩照顧，離開阿公阿嬤後還要照顧弟弟，大學沒畢業就到廣告公司上班，竟然能站在銀座新橋的街頭，在全世界最大的廣告公司當約聘創意人員，雖然只是三個月的短約，但一切都好奇幻，幾年前我還因為被業界某個知名創意總監fire在華視賣廣東粥啊，回到恆春半島的墾丁飲料店打工當店員，人世幻化無常，也許沒翻譯，我就回台灣也好，算是走一遭長了見識。不過我擦去臉上的水痕，約定的居酒屋到了。

拉開居酒屋的門，就看到瘋狂的古川先生，瘋狂的往我衝過來，像是男塾塾長那樣，我超警戒的咬緊牙根，古川先生說としおさん！不要擔心！我們一起去東北吧！宮城是很棒的地方！走吧！我們到仙台去做很棒的廣告！我心想反正我是他提拔的，那麼就到伊達政宗的領地去當個伊達男吧！雖然我還是不會日文。管他的幹！上吧！

收拾行李跟安排行程，我們搭著公司請來的小巴士司機開的車子，像是德川家的軍隊，往東北去與伊達家的軍隊會合一樣，我們要面對新的戰役。

兩個禮拜後，我跟古川先生與香港阿姨，一起來到電通東日本的仙台支社，仙台這家分

公司，是我們電通東日本的最大支社，在青森有個營業所，對我來說，都是小時候沒有想像過的日本，但日本何其相似，總之我就這麼移動來了一生沒有規劃過要去的仙台，來了完全沒有任何地圖跟指引的仙台市，當時內心的慌張無法說明，雖然我人跟古川先生來了，但我的心還留在那時候的居酒屋。

先不說居酒屋發生的事，來的時候仙台早已入冬，是十月了，我這生除了北海岸鼻頭角跟台北，沒待過跟北有關的地方。雪好美，但好多下得好白好扯完全是一種魔法，我一直想著東京，因為客戶跟之前努力的成果都在那，我不知道古川先生做了什麼，到下飛機進公司前我都還在做雀巢的案子，但這裡，白茫茫一片，連對焦都不知道焦要落在哪裡，前景跟遠景重疊。而其實我當時想的，都是黑田。

宮城的雪跟東京的雪味道不一樣。這裡的雪透著冷冽的氣味，有一種非常安靜的味道與感染的力量，東京的雪傲慢氣味刺鼻卻薄弱，而且有著污濁與灰霾的髒亂聯想，離開新橋那間居酒屋時，也下著雪，古川先生跟香港阿姨熱烈暢飲，我顯得落寞慌張，我有點不清楚自己是因為要離開東京難過，還是因為黑田的回信覺得惆悵，我記得天上飄的雪，逐漸大與密集了起來，之前的行人踩出的腳印也都被填滿。

其實那天黑田是有來送行的，當她前來居酒屋加入我們時，我已經睡著了，因為古川先生繼續拚命勸酒，不停地幫我叫來一杯一又一杯的客戶品牌的啤酒。阿姨一直跟我乾杯清酒燒酒芋頭燒酒，她說你跟我們一起到東北一陣子，離開東京並不是壞事，古川先生擔任支社長，對我幫助很大，要我放心的跟他們走，黑田跟阿姨說她會來參加送行的小聚會，當面跟我聊聊。我一邊支撐著一邊期待黑田來能跟她說說上幾句話也好。

結果黑田什麼都沒能跟我聊，她就是一直跟香港阿姨和古川先生喝酒，然後順便照顧已經喝醉酒不省人事的我，他們三個覺得我的酒量相當差，古川先生還在我臉上簽了名，因為他也醉了，我醒來後跟他們說我是累到睡著不是醉到睡著，然後問他們我怎麼回家的，他們兩個也記不得了，我知道黑田來過居酒屋的事，是黑田自己告訴我的。

古川先生跟阿姨有時候是很脫線的天兵情侶，好吧，不是有時候，是他們一直都保持脫線的狀態。來到

宮城後，古川先生後雖然擔任支社長，但是他還是常常自己跑去客戶公司拜訪，可是他明明就是創意人員。接著在不知道東北方面總人力配置的狀態下，貿然跟客戶胡亂推薦自己的同事可以推出新的業務服務模式，接著回來再設法補救，大家也都默默的幫他收拾善後，香港阿姨跟我繼續用同樣的默契服務客戶，我們負責サッポロ在華文區域的廣告策略制定，參與關西推廣的相關啤酒商品企劃專案。

東北的大雪下了好多天，身為電通的高等社畜，過勞死之前一定都不會死的決心，當然是非常強烈的，這棟宿舍前有個庭園，是特別興建的現代化建築房舍，但庭園做得很日式很美，我常在出門前站在這裡發呆，這間宿舍有三層樓，一共住了二十個人，我沒有仔細看過其他人，我都是在其他人起床前離開，在大家都回來後才回來。避免各種交際。

在這個時候，我的記憶時間軸裡完全沒有黑田有來過新橋居酒屋的記憶，就在要過聖誕節前兩個星期，剛剛播出新的慶祝短片，我累成く字型的坐在庭院中，卡卡的步伐聲令我隨著聲音轉頭看過去，我嚇到下巴跟尾田畫的一樣掉下來，黑田來仙台了！黑田來仙台幹嘛！我還沒有回神，古川先生跟阿姨的聲音就冒出來了，としおさん！

我不知道該感謝他們過來化解尷尬，還是該恨他們又讓我跟黑田沒有獨處時間好好說話。我非常尷尬的讓古川先生盡地主跟主管的責任，請黑田吃飯，因為本社已經同意古川先生的邀請，讓黑田以本社企業局本部長的身分，因為她關西地區出身的緣故，得以支援東北這次的在關西地區的廣告業務共同合作一年，從今天起，黑田就正式成為我們的夥伴了，香港阿姨嚷嚷著她才能使喚指導黑田，我說好。怎麼樣都很好。

古川先生在吃飯的時候一直說黑田願意來東北，實在太令他震驚了，香港阿姨則一直翻譯古川先生的意思，不過因為都是狀聲詞，大意兩三下就說明白了，古川先生大都是不停的在發出無特殊指明意義的聲響，阿姨跟我說黑田願意來，真的太訝異太厲害的一件事情，感覺上是黑田官兵衛加入伊達政宗那樣，我就說那誰是片倉小十郎，阿姨說是我，我說真的假的，我是外人不可能。而且古川先生根本不可能是伊達政宗那樣的人。

如果用戰國時代的武家系統來比喻，我大概就是個小姓這樣，阿姨說古川先生很看重我，我是片倉不是因為黑田。我說我知道啊幹，我歷史很好。我都有玩太閣立志傳，後來我跟黑田聊天，跟黑田說我的偶像是木下藤吉郎。她說喔是太閤關白啊。我說喔是的但是我喜歡是藤吉郎的時期，不喜歡當上關白太閤後豐臣秀吉。黑田說，他們是同一人，我說才不是，秀吉當上關白後變成別人了。黑田雖然不同意，因為她覺得秀吉在形勢上，就必須變成那個關白的秀吉，不可能變成那樣的藤吉郎。我雖然不認同，但是我很能理解，這就是黑田家族背景給予她的教育。所有的事情都有必要的決定。

這是我第一次跟黑田自在的隨意聊天，內容是豐臣秀吉成長史，我之所以會聊這個，其實是我很愛打電動啊，我能知道所有跟日本有關的東西都是從電動跟小說來的，不聊這個我不知道要跟日本人說什麼，然後我想起來我很喜歡棒球跟漫畫，我就開始找她狂聊漫畫了，因為想起商社的無情，我提到深見惇老師跟田中麻里鈴，黑田大感興趣，說她也有買這套漫畫。我說台灣翻譯的名字好像是惡女？黑田開心的點頭說她也知道。

開啟了漫畫話題，實在太棒了。畢竟我只能聊這個。生活中的困頓令我其實沒有什麼生活經驗，在市場跟餐廳打工的經驗，在我心中深處覺得那是一段配不上黑田的過往，但是漫畫實在是太棒了不是嗎？（對不起我就宅）

黑田看的都是日文版、所以有些人名跟台灣的漫畫對不起來，如果有看過我在社群媒體上寫雜文的，都會知道我寫過很多篇跟漫畫有關的文章，其中在台灣叫做《魔力小馬》。在日本叫做《潮與虎》，這一部我們兩個在名字上鬼打牆討論了很久，我說有一部叫做《魔力小馬》，主角叫小馬另外一個主角是阿虎。

黑田皺著眉問我。蛤？她先說了一部主角是馬的漫畫，我說不是，但我知道那隻馬的鼻孔很大很可愛，我跟黑田說，主角是一個僧侶的孩子，寺廟住持的孩子，用一支矛。我說《孔雀王》的主角的武器是密宗的杵，黑田一直說是孔雀王，不動明王，好可愛，後來我就拿筆

來畫，她瞬間說出《潮與虎》的名字，可惜我日語不好，沒聽懂，我就模仿小馬拿獸矛的動作，她瞬間大笑拍手，我則第一次看到她作出這麼大的反應。跟工作無關，覺得好快樂。

跟黑田之間的事，是我人生中少數美好甜暖的回憶，我一想到要說開這些事就會感到痛苦而常常無法順利表達，好好的把它寫成我心目中那種美好的文學作品，對我來說，她是那麼特別的存在，無關乎她是從何出身，她單純的本來樣子，是我見過，除了阿公阿嬤以外，最無私而只是想對我好沒有需要回報的。就在她拍手大笑後，她說，你知道我是因為你才來這鄉下嗎？以前政宗公要來京都的。

乍聞之下，一般來說的會讓人會覺得幹！什麼啦什麼政宗公啦，我只愛我阿公啦。也許是這樣的表達對我來說是最有用的吧，我想黑田試著用我能理解的方式來譬喻或是告知我，我在她心中的樣貌跟位置，時值酒酣耳熱，醉醺如我當下是沒有可能有什麼反應的，但是湊熱鬧之王的古川先生，馬上說喔喔喔喔としおさん不要臉紅啊，媽呀，老實說他也很醉，我臉紅他怎麼可能看得出來，不過我說為什麼要為了我來東北啊，這樣妳原本的生涯規劃呢？她說她沒辦法規劃，看家族安排。此時巨大的階級之牆，聳然無聲的出現在我們面前，並不是要阻隔我跟她，而是橫立在我的人生道路之前，見得這堵牆的，有我有黑田，而她正立於牆上，朝我墜下繩索，要我攀附而上，這牆她早已習慣了。

根本上，這是文化的，家庭的，背景的，與社會身分的差異，家族這兩個字，在我身上只是血緣跟鄉土所生長處的親朋故舊，人與人之間的情感轄制，沒有那麼的劇烈附著在家族兩字上，黑田家族有很多人都在電通從事促販廣告行銷相關的業務，也有很多外圍公司，有些人是把職業都放在這裡經營，也有像黑田這樣的，有可能會有家族婚姻，也有直接離開家族留在海外，都要看個人的個性，不過像這樣黑田這樣的有腦有想法有能力的花瓶外表女強人，電通這種巨型商社，其實滿多的。

我們離開居酒屋的時候，大概是一點鐘。雪已經停了。地上因為結冰，很滑，黑田的細跟高跟鞋很難走路，她拉著我的手，小心而緩慢的走在回宿舍的小徑上，因為很開心的緣故，我們兩個人說了很多話，反而沒喝什麼酒，黑田說她肚子餓了，我們就走到宿舍，我做了炸醬麵，黑田問我炸醬怎麼做，她想學，我教了她。

每次想念她的時候我就會炒炸醬來吃，一邊吃一邊回想我受到的疼愛跟包容，全世界沒人了解我會用炒炸醬，來想念一個京都人，我記得我帶著黑田去買豆乾、絞肉，在仙台的超級市場尋找很難買的豆瓣醬、甜麵醬。炸醬麵之後我滷了封肉跟白菜滷給她吃，可惜我不會包肉粽，不然我很想包我們家鄉的粽子給她吃吃看。

黑田跟我都喜歡吃飯，我跟她說我最愛吃日式飯糰，我剛到電通的時候，每天都在公司

附近的食堂買飯糰來吃，海苔的味噌的醬菜的瓢瓜的柴魚的鹽味的各種飯糰，吃飯糰的時候我都有一種莫名的孤寂感，喝下海帶味噌湯，特別感到異鄉一個人的蒼茫，可是仙台的飯糰好溫暖，是黑田早上起床做的。口味簡單。

有一種黑色的菜我現在忘記是什麼名字，我跟她說我喜歡吃鹹一點的，我也很喜歡吃廣島菜，總之我們就一直做菜，跟整個宿舍的人也都熟悉了起來，日本人自己要打入另外一個當地的社交圈其實非常困難，而住在這個宿舍的卻很多日本東北地區的社員，於是我們吃了帶廣的青森的函館的各種食物，突然我覺得這是家。

可是我跟黑田什麼事都沒有發生，因為當時我有女友，在台灣，黑田也知道，除了那天拉我的手走過雪地以外，我們什麼都沒有做過，一來太忙，二來我們都不想破壞現在這種關係，接著，春天來了，我必須回一趟台灣，東北的櫻花開得晚，我回台灣一個星期，回來的時候剛好櫻花開，黑田開著公司的車來機場接我。

她沒問我什麼，我也沒講什麼，但是她知道我是回台灣分手的，一直激烈的爭吵跟分隔兩地，女友歇斯底理的事情我在台灣都有跟黑田說，黑田說對女生來說是很不容易的吧，我有跟女友說請她一起來日本，她可以念念書或是先住一陣子，但是她不願意，就這樣吵了一年，她知道我認識了黑田，對此瘋狂大怒，解釋無用。

回台灣分手後，黑田顯得非常開心（到底在開心什麼），每天都眉開眼笑，把我的冰山美人還來啊！說錯是冰山美人。有一天早上我在廚房做三明治，有四種：洋芋、蛋沙拉、明太子、鮪魚，是我自己想吃，我很早就起來做了（其實是沒睡）。做著做著黑田突然嚇我，我就打翻正在攪拌的沙拉，幹我超級不爽的。

我表情非常臭，反正我就是很幼稚啦，黑田馬上要幫忙，我把她手撥開，說不用了我自己來，我收拾了地上的洋芋沙拉，趴在地上擦乾淨地板，還用手指搓搓看有沒有啾啾的聲音，黑田站在旁邊看著吧我以為，等我抬頭她已經不見了，我想說她應該回房間了吧，我把三明治做好就出門上班，那一天黑田請假沒來上班。

我內心覺得靠北啊傲嬌個屁喔。結果隔天阿姨神秘兮兮的來找我。劈頭就問我說是不是做了。靠北做什麼啦！我說哪有啦！她說那不然黑田為什麼哭？幹什麼邏輯啦！我想笑又笑不出來，阿姨說黑田在宿舍哭，我內心大喊靠尛啊啊啊啊，但沒表現出來，我問阿姨說她怎麼了，阿姨說她也不知道，叫我晚上去找她問問看。

幹女人真的很麻煩耶！我一直在內心大叫！可是晚上我還是敲了黑田的房門，叩叩叩，請問有人在嗎？叩叩叩，幹不理我，叩叩叩，幹還是不理我拎北要走了，我轉身想走開，結

果跟黑田撞個滿懷，整個頭撞在一起，超大力的，好痛，額，黑田當場大哭耶。幹有事嗎？我一直安慰她她一直哭喔，很大聲那種哭整間的。

靠北超靠北的啦，整個宿舍的人都跑出來，佐川先生還問我說你怎麼可以打她？啊咧我沒有啊啊，礙於日文苦手我無法解釋，結果黑田邊啜泣邊幫我說明，慢慢的黑田不哭了，天兒啊，到底是什麼少女心啦，很痛嗎？我問她，她把我手拉去撞到的地方，要我呼呼吧我想，我邊揉邊拉著她，帶她去廚房冰敷，拿三明治。

黑田喜歡吃蛋沙拉的。我拿了一個給她，我覺得我上輩子應該是洪瑞珍，相當好吃啊哇哈哈，她一邊冰敷一邊吃。然後又哭了！又哭了！啊啊啊啊！我只好冒著被告性騷擾的風險抱她了，我說不要哭啊對不起啊，結果她哭得更大聲，幹同事又都跑出來了！但看到我在抱她大家又馬上進去，超好笑的。我超想笑，但不敢。

大家真的躲得超好笑，縮回去這樣，大概以為我在打黑田吧。靠北耶，黑田放下三明治索性抱著我大哭喔。我真的不知道是在哭幾點的，她應該很委屈吧，可能是一種小三扶正的心情吧我想，哈哈幹好北爛我亂講的，過了十分鐘吧，黑田終於不哭了。額額果然貴族的少女心我這種穢多不懂。哭完後她問我為什麼不理她。

蛤？我哪有不理她。她說我昨天清理的時候不理她，我說我在擦地板，她說我生氣了，我說對。幹嘛嚇我我很膽小耶，她說這樣很不可愛嗎？我說很可愛啊但是我嚇到了咩。她說不是討厭她嗎我說幹怎麼可能我不是要做三明治給妳吃嗎？（明明也是我自己想吃）對了我都有罵幹喔。小朋友不要學。成人才可以說這些話。

然後我就送她回房間，我也回房間！哈哈哈很失望吧！哈哈！沒錯！什麼事都沒發生喔！哈哈哈哈看到你們失望的臉覺得開心。因為你們並不了解在會社工作的顧慮跟壓力，我是外國人，每天被攻擊到體無完膚，黑田是名門，也是每天被說靠關係、靠臉、靠外表，日本人超雞掰的，尤其是我們公司是雞掰中的雞掰之最。

創意人說的八卦都超有創意的，很多人都說我是社長的海外私生子，也有人說我是國外大客戶的小孩，還有人說我是山口組組長的台灣私生子，幹總之以私生子為大宗，大家好我是私生子俊雄喔，我都快相信我自己是了！來東北後傳聞減少了很多，但為了黑田好，我們應該保持距離。因為我很自私，希望不要影響工作。

一天就這樣過去了。窗外的月亮很亮很大，很多人說高緯度的月亮比較大，我覺得是真的，我很想阿公阿嬤，每天都知道在自己在東京總社被講得很難聽是非常難過的，我想是我太脆弱了，剛剛黑田的大哭讓我也想哭了，我想她一定承受了很大定額壓力跟委屈吧。跑到仙台這種鄉下地方，一定被爸爸罵到臭頭，而且是因為我。

我想黑田的大哭情緒很複雜，想來想去覺得很對不起她，決定起床寫信給她，好好的跟她說謝謝還有道歉，我太不體貼了，寫完之後按了寄出，我就開始上PTT，看七六人板，才看沒幾篇，黑田就回信，太快了吧！不過她沒說什麼，只有傳：）。這樣而已。啊咧好喔。這樣我突然不知道怎麼回耶。我也傳一個：）。

我決定起床做菜來煮台式早餐給黑田吃。我就到樓下去翻找各種食材，結果我只能做出菜脯蛋、辣筍子、荷包蛋、鹹鴨蛋、皮蛋豆腐等，幹靠北都是蛋，我還是硬著頭皮做，好險我有東港魚鬆跟花生麵筋，以免場面看起來太冷清，我在冰箱找到了綠色蔬菜，汆燙後淋蒜末跟麻油，結果黑田站在我後面說，早餐不吃大蒜。

把我嚇死，於是黑田從屬於她的冰箱區域拿出了醬菜，那些醬菜實在太棒了，跟我煮的神奇台灣鄉下白粥異常的適合，我跟黑田解釋我為什麼會做兩種粥，一種是我阿嬤教我的稠到可以用一坨來形容的白粥，一種是我媽媽教我的外婆來自京都直傳的白粥，黑田大吃一驚，說我為什麼會說我外婆是京都人，我解釋母系。

媽媽的親生母親跟一個日本工程師未婚生下媽媽，我的外婆也是她的媽媽跟日本的客人生下的，然後從京都帶著剛出生的女兒來到南投的集集工作，也是經營茶室，我阿爸常怒罵我媽是妓女生的，黑田聽了一直皺眉，我也一直皺眉，因為我覺得黑田好囉唆，等我煮好的時候發現天啊才兩點多，古川先生再度崩潰出場。

古川先生這次的出場顯得超級崩潰，跟他破門出場是正統的古川太太，古川先生大吼大叫，可以看得出來古川先生的崩潰有很大一部分是在惱羞成怒，古川太太年紀雖然看起來比古川先生大很多，但溫雅嫻美從頭到尾一直微笑，後面的香港阿姨也突然害羞安靜了下來，我也跟著幫古川害羞了起來，古川太太他們上樓。

我擺放三副餐具，邀請阿姨過來跟我們一起吃粥，阿姨邊吃邊哭，用著香港腔和日本腔融合的中文，跟我說古川太太以前是她的客戶，他們在一起的事情，是經過古川太太同意的，黑田一直點頭，她說她也會同意，可是黑田，妳沒有先生啊，妳是要同意什麼啦。但是當時我發現我對她一點都不了解，她的喜怒我很陌生。

我只是喜歡她，但是我不了解她，我也沒有去瞭解過，一切都是我在自己爽，難怪我不懂黑田的哀傷跟哭泣，想著想著我就掉淚，結果黑田跟阿姨一起看著我，我突然了解赤木的心情，我說我被筍子的油辣到眼睛，連我自己也不相信的，我起身去洗碗，說我要先睡了，回去房間的心情非常複雜，想到我媽媽和她的家。

於是，我每天都會偷偷觀察黑田，看她喜歡什麼，休息時都在做什麼，然後我發現她根本就是圍繞在我身邊，極度配合我的喜好，我問她想吃什麼她都會說出我想吃的，後來我發現黑田最愛吃的東西是我不吃的。甜食蛋糕和菓子，竟然都沒有看過她在我面前吃過，實在超級委屈她，我在仙台到處問蛋糕、問甜食的地點。

仙台是個男性城市，蛋糕點好少，和菓子總覺得是日本老人在吃的，我跑去問了做麵粉客戶的同事，她說有個從いたがき出來自己開的師父會做很好吃的蛋糕，在宮城女子大附近開烘焙教學坊，每週六會做十個水果千層蛋糕，聽說要排很久，這個我當然不會找黑田幫我翻譯，我請阿姨陪我去，排了七個小時，登記，額。

要三個月後才能拿蛋糕，那時候我們不知道在哪裡，是要拿來拜政宗公嗎？我訕訕地準備離開，突然一個男生叫住我，他說，你是台灣人嗎？我說對，他說台灣的水果很好吃，但日本很少，我如果可以等，他可以做一個給我吃，我沒有說我要送人的，馬上說好我想吃，拿到蛋糕已經是晚上九點多，事不宜遲立馬叫車。

到了宿舍我先把蛋糕拿去冰，上樓收信，看稿，回信，寄信給黑田，說我有禮物要送她，接著我跑去洗澡，看漫畫，躺在房間椅子上就睡著了，睡著睡著我夢到我跟黑田在耕田，是的耕田，剛做完一個清酒的案子，一直在拍耕田的關係，但我也不是人，我是牛，黑田拉著我慢慢走，我對於我是牛這件事感到自然舒服。

但突然間黑田突然跑了起來，我覺得她拉得我好痛，奇怪我又沒當過牛到底在痛什麼，夢裡的我這樣想著，黑田突然用一根棍子打我，我嚇了一大跳，扭來扭去想要掙脫就醒了，醒來黑田站在我面前一直笑，他說我房門沒關她就進來了，問我有什麼禮物要送她，可是黑田，我沒穿衣服，妳是在笑尛，我尷尬卻發現毯子（？）。

我跟黑田說我等一下到樓下拿給妳，妳去樓下等我，她說好然後補了一句很冷不要光著身子睡覺，幹。我看時鐘是半夜三點四十幾分，三更半夜跑到我房間衝殺小，不過感覺上我睡了很久，可是畢竟當時工作的壓力讓我很累，現在想起來我還是覺得很疲勞，穿好衣服之後到了樓下黑田竟然已經在吃蛋糕了，我問她說妳這個蛋糕是誰買的，她說她訂的。

幹意思是說我買到重複的嗎？靠北！果然不能小看廣告公司的業務啊啊！雖然驚喜度大降，我還是拿了蛋糕出來，想不到黑田爽度破表，說規定一個人只能訂一個，不然她要買十個，額又吃不完，她說她吃得完，少女心跟公主個性其實很可愛，她把正在吃的蛋糕收起來，打開我送她的認真吃了起來，我坐著看她吃完。

黑田在吃蛋糕的時候，我跟黑田說，以後我小孩如果想當文案我就把他關在家裡然後逼他看完一萬本漫畫跟小說還有動畫。如果想當設計我就帶他去參觀所有的博物館跟爬山寫生拍照畫圖看新宿伊勢丹的櫥窗換季，如果他想當導演我就要他每天寫一個人的側寫跟畫一百個分鏡，如果想當漫畫家我就買很多稿紙跟網點。

我還講了我當牛我們一起耕田她打我我跑掉的夢，黑田說牛跟人哪能生小孩？我說我沒有在說同一件事，她說她以為我們在夢裡有小孩，其實我的跳躍式敘事讓黑田在翻譯時吃盡苦頭，這種沒有線性邏輯的思考風格讓我想起我們每一次談話黑田皺眉專心聽的樣子，想到就會心酸酸的，黑田皺眉看著我，說很想看小孩！

我沒小孩啊！她說她會很想看我的小孩，我說嗯我不想生小孩啦其實，我希望我爸的血統自我而絕，這種禽獸不應該要有後代，黑田跟我說，不可以這樣想，但一邊還是在吃蛋糕耶，很酷，為什麼那麼甜的東西妳可以吃得下呢？妳好厲害啊，我實在是無法這樣，黑田說雖然是我的蛋糕我可以請你吃一口，拿著湯匙就餵過來。

我張嘴吃了一口，額額額好甜啊什麼考驗啊啊這個，要是要跟くろた在一起每天都要吃這個很煎熬耶，くろた說我知道としおさん很少吃甜食，所以也很久沒吃了，偶爾陪我吃一次吧，我說好，我很怕黑田要餵我，就站起來去倒水，又是月圓啦，我的生日快到了真不想

過，生日會讓我想起血緣，我最憎惡的就是這個。

黑田說你身上也有母親的血液，不要嫌惡你自己，我就跟黑田說了媽媽家的事情，黑田很仔細的問我，我也只能就我知道到少數線索來跟她說，我提到了京都，黑田雙眉挑起，尖著嘴巴嘟起來點頭說，嗯，知道了，她很喜歡作這個表情，尤其是她知道事情的關鍵處理方式的時候，這個慧詰的神情出現，酒窩梨窩當然也一起。

浮現那麼深的笑意，黑田總是在我面前單純得不像是平常的她，就好像一個小女孩這樣，有禮又自在，我有時候在想，她跟我相處的時候，是不是都會寫好步驟跟對應內容呢？我看她每次去跟任何一個客戶開會都會做這件事情，不過看起來不太像，因為跟我在一起的時候她太愛笑了。見客戶我倒是沒見到她這樣笑。

隔天黑田罕見地跟我說她要離開仙台三天，我急忙問她要去哪，她說要回京都然後去千葉縣，於是我急急忙忙的把放在冰箱的冰雞湯拿給她，我跟她說上面的油我已經刮掉了，直接微波加熱就可以喝了。不知道住的地方有沒有微波爐或電鍋，也可以加麵跟飯，我好像一個媽媽在叮嚀女兒啊天啊！轉身，黑田親了我的臉。

我很開心，拉住她的手也親了她的臉，我們看著對方，黑田說，謝謝你的蛋糕讓我變胖，

我說謝謝妳幫我翻譯那麼多工作讓我都不用睡覺，黑田她笑了，我覺得黑田的笑容好像我最喜歡的壽司一樣精美穩定，總會讓我產生觀賞絕美的敬意，不是ひらめ也不是おおとろ，不是あわび不是こはだ，是最頂尖的あかみ。絕美。

我跟黑田說她在我心目中是壽司她很生氣，她說她才不要當壽司！她是京料理，我說好好好好妳是京料理，但我很少吃，妳教我，她說好，接著我跟公司的司機送她去搭飛機，我送她走到登機口，擁抱了她，第一次接吻，突然好希望黑田留下來，我跟她說，她說她很快就回來，叫我不要煩惱，但黑田卻沒有回來仙台。

五天後，香港阿姨把黑田的行李跟一些簡單的物品打包裝箱，寄回東京。因為一個重要的緊急任務，黑田被調回東京了，我收到手機的簡訊，黑田說任務完成後她會盡快回到仙台，希望我不要買蛋糕給別人吃，我邊笑邊哭，怎麼會被調回去東京呢？好討厭的感覺，春天快來了，阿姨說要一起去看櫻花，但我完全沒心情。

我跟黑田約在有樂町站出口見面，初春的毛毛雨綿綿細細的，我看見黑田站在松竹映畫那棟大樓的出口，她剛好轉身望過來，SONY 的霓虹燈是白色的，黑田的眼睛好亮好亮，皮膚好白，她撐著一把紅色的傘，傘緣有著黑色的繡花，傘上有著一小朵一小朵的瑪格莉特，我邊跑邊吐舌的跑到她身邊，她笑著問說雨好吃嗎？

阿姨約我的時候我毫無回應，當時新接任的最高創意主管非常討厭我，他是出了名歧視鬼王，而且他也從以前就跟古川先生都是對抗的事態，我非常的煩惱，煩惱到把行李都收好等待被辭掉，這是一個無情的商業結構，我常在想，這樣每天繃得跟弓弦一樣的生活，斷掉了也算鬆一口氣，然後我接到黑田的電話，她來了。

吐著舌頭的看著黑田，我其實很不想要繼續工作了，我在想如果我能什麼都不管就好了，我就可以跟黑田談戀愛，但是我要在日本幹嘛呢？我閃過很多打工的處所，會收我這種非法打工的大多是餐飲服務，啊我想起乾爹在日本還有股東的卡啦ＯＫ，應該是沒問題，可是我想做廣告啊，根本就沒人能幫我，我知道只有自己。

不過我沒有說這些，我只是問她怎麼突然不回仙台，她說她去千葉處理一件重要的事，跟我有關以後我

就會知道了，黑田是非常謹慎的女性，她對我已經非常親近了，但沒把握或是還不確定的事，她從來不出口，也不會露出任何線索或是破綻。她說，不用擔心公司的事情，爸爸已經知道你了，所以工作上他會幫忙的。

喔幹喔幹喔幹！她爸爸是誰啊！當時我並不知道啊，我想說妳幹嘛跟妳爸講啊，好讓大家知道，這跟她約我吃飯的時間是更早的，我這時候只想跟她說不要隨便幫我說什麼，但黑田有種統御的魅力，我沒說什麼，因為我想她不可能會害我的，所以我可以放心的跟她去吃晚餐，反正對我來說黑田回來了，那比什麼都重要。

邊走，我就邊問黑田說為什麼沒回仙台，黑田說去千葉縣調查一件事情，日本人的習慣是這樣，如果她沒繼續說下去，你繼續追問就是沒禮貌，沒禮貌是不可以的，但是我真的滿想知道的，所以我出現一種期待的表情，黑田說，這件事情跟你有關喔，如果我調查出什麼結果我會跟你說，好那到底是什麼？她說到時候再說。

好喔既然這樣我就不問了。其實在東京見面的時候，我有一種即將離開電通的感覺。可是黑田說她爸爸處理了。但她爸爸到底是誰啊！我好想知道，但是我不敢問。黑田過來抱著我，她說爸爸跟電通有生意上的往來，要我不用擔心。「我沒擔心啦我只是好奇。」我對她說。

我們在有樂町輕鬆愜意地走著，往銀座去。阿姨在等我們。

那現在要怎麼去，她說我請司機來接你們好了，我說好，但是她沒有請司機直接帶我們去銀座，卻繞道到明治神宮球場前停了下來。她轉頭對我說，這就是比呂創造奇蹟的球場，我說英雄也是在這開始稱霸甲子園之旅，她說她喜歡比呂，我說我也是比較喜歡比呂，突然她親了我，我也很認真的回親她，她說散散步好嗎。我點頭。我相信你會創造奇蹟。黑田說。

這個行為完全就是個澈底的背叛，我跟在台灣的女友並還沒有正式的分手，可是我就親吻了她。這實在是一個令人傷心卻又快樂的時刻，我沉迷於那樣的香氣，突然黑田推開了我，她說你看這是你最愛的櫻花。準備要開了。我抬頭看了一下，樹梢上的花苞微微開啟，很像是笑著的黑田頰上的酒窩，那樣深刻，又那樣淡然。

黑田接起了電話，電話遮住了三分之一的酒窩，接著她荳蔻紅的手指尖，我沿著她的手指頭看向她的髮梢，黑田的摺疊式電話上面有金色繡蔥圓形和紋，跟電話鏡頭差不多大小，我不知道那是什麼，黑田把電話闔上，轉過頭來望著我，她的眼珠跟金色和紋一樣，散發著光芒。她拉著我的手指頭，跟著圓形的花紋畫了一圈。

這是我的祖先在監牢裡面看到的藤花，藤花代表著不死跟再生，不管如何，都不能放棄，不能放棄喔。黑田看著我，我點點頭，雖然我不知道不能放棄的意思是什麼，我很害怕，如果是工作怎麼辦？我心想我當然不會放棄，我從小就知道不能放棄，放棄就什麼都沒了，我說，不能放棄，放棄的話比賽就結束了，黑田又笑了。

我摸了摸我的肚子，她則拍了拍我的下巴說，我一定會派你上場的，因為你是我的王牌，我馬上哈哈大笑。大家都好喜歡《灌籃高手》，黑田又說，但我說我不是櫻木花道，我是不見棺材不掉淚的三井壽，黑田出現了疑惑的眼神，我說那是台灣翻譯的錯誤版本，但是我們台灣人喜歡將錯就錯，黑田的表情疑惑更深了，錯的事情怎麼可以繼續呢？

不管是什麼事情，做錯了就要彌補跟修正的。我繼續點了點頭，黑田在相處的過程中，一點一滴地將日本社會的人情事理解釋給我聽，她接著說，日本的傳統社會中，沒有邏輯這件事情，而只有道理，嗯其實我不懂但是我還是一直點頭。你不要亂點頭，以後我再解釋給你聽，我們去新橋，不去銀座了。黑田說。要去幫忙彌補。

蛤？彌補？其實我永遠搞不清楚新橋跟銀座的清楚分界。因為我有黑田，她總是會把我帶去我應該要去的地方。但她突然沒頭沒尾地說了彌補這件事情，疑惑中黑田馬上跟我說，對了是要彌補古川先生犯的錯，他約的客人沒有出現，因為客人根本就沒有答應，但是為了

想吃這家傳說中的餐廳，他莽撞的訂位，還用本社長的名義。

黑田說這是大忌諱，但是古川先生經常這樣呢，我說，黑田搖搖頭說對他的行為不便批評畢竟是同事，但是這個搖頭就是很大的批評了吧？我吐吐舌頭的跟上黑田的腳步，我們下車的地方離這家店大概還有四分鐘的路程，東京的冬天冷得恰到好處，不會穿肌透骨如同仙台，但是冷起來也是刻畫分明，我跟上黑田的時候，她伸手握住了我的手。

黑田的手不是她的手，是黑色的麂皮手套我沒有感受到她手的溫度，但是我記得她修長的五指穿過我的指間，她指尖壓住我的指節的感覺，扣得緊緊的，往後我將這樣的緊握學習起來，每次她這樣做，我就跟自己說，黑田是愛我的，黑田從來沒有跟我確認過我的想法。但我緊緊的扣回去的時候，她也會緊緊的回扣著我的手，那已經不是握了。

是如同精緻無比的和式木作工法那樣牢扣著。我們總是這樣互相猜測確認，在很多言語無法表達的時刻或是刻意不想表達的時刻裡面，用這些細微的動作來尋找彼此在對方心裡的痕跡、大小，或是刻畫出輪廓跟樣貌，短暫幾秒，長隔數月，這些確認對她跟我來說都是一種隆重的迎接，比那些奔跑、擁抱、尖叫都令我狂喜而雀躍萬分。

可是外表看不出來，也不能被看出來，表面上我跟黑田在東京的話可以說是形同陌路只有黑田家的司機知道我，公司的人完全不知道我跟她的交情，也不適合讓人知道，黑田在公司是豪門派閥的代表，指標性人物，任何重要的國際客戶都是她的，也只會是在她的部門，古川先生真要論輩排班起來也只是遠遠看著的那種級別，但古川太太可不是。

古川太太可以說是三十年後的黑田，古川太太的祖先是小早川進和，第一代三菱商社的專務取締役，負責幫海軍買賣火藥的原料，分家後自行改姓母姓古川，古川先生是入贅的，所以說你要非常尊重古川太太，知道嗎？黑田說了這些看著我，我又點點頭，有一種大名府邸中剛進門工作小姓的心情，新鮮的感覺遮蔽了未知的恐懼。

我跟黑田抵達門口，古川先生跟香港阿姨已經入座，準時，這家店名叫做京味，巷弄中小小的一座約三層或是四層的建築，冬日黑夜中看得不太清楚，後來我知道這家店有兩個門，一個是朝向皇居方向開口的門，西先生的父親最重要的客人西鄉先生跟他的後代以及其他官員都從這個門進來，另外的一個門朝向濱離宮庭園，西先生都在這個門口送客。

京味的意思就是京料理真味，每次說到京都，黑田的眼睛就像是在發光一樣，不過這次說完京味黑田卻沒有那樣的光芒閃現。我彷佛能夠感到她的戒慎又或是說敬畏，我不太熟悉這樣的黑田，我看著她的眼珠，想從那種不一樣的反射中，看出一點端倪，不過很快的黑田就恢復正常，她跟一位女士打了招呼，黑田對我說，這是西先生女兒。

西先生女兒的英文非常流利，看起來才三十歲而已，非常幹練美麗，跟黑田好像很熟悉，我看她們輕輕地握著彼此的手，然後引導我們倆到座位區，正對中間的位置，那是我第一次進到這種料亭，工作將近一年，我第一次接觸這種高級的純日式餐廳，餐廳裡面掛滿紅色的燈籠，上面寫著各個日本姓氏，我看到熟悉的黑田兩字。

老實說在來這餐廳之前黑田家的背景我大致能夠猜到一二，從她在公司的應對出入，公司其他人對她說話的態度，我們第一次認識的場合，我都能想像她應該是一個大名公主般的存在，餐廳裡的人們低聲說話，我則一直回想我第一次見到她那天的情境。那是我第一天到東京的清晨，其實已經接近中午，我在銀座六丁目與古川先生會合。

那天公司有很多大頭在，是一個直接對雀巢總裁提案的場合，我非常直接的在會議上說出我覺得應該要說的話，我想大家都傻眼成一團吧，不過也因此我給黑田留下了印象，她記住我了，我當場想的腳本也是她翻譯的，我不知道她記得的是腳本，還是白目的我，我確定那天是我們第一次見面，於是在等待上菜的空檔我跟她說了這件事情。

她搖搖頭，我實在非常喜歡搖頭的黑田，因為她搖頭之後都會說出令人不可思議的建議或是答案，而且她的皺眉，是我見過最好看的皺眉，她說第一次見到我是在台灣的分公司，她代表公司陪同客戶過來簽約，我是那個提案的文案，她記得我晚上拒絕了用餐的邀請，原因是我要去參加總統大選的晚會，台灣的總經理跟他們說我政治狂熱。

這樣說起來我依稀記得那天，不過我沒有印象黑田在，因為我根本緊張到爆炸，完全沒有看到其他人，她笑了，說，要不是那天她有聽過我提案，她也不會在我第一天到東京就跟客戶推薦我，所有我以為的幸運跟巧合，其實都被她看在眼裡啊，我內心咋舌順勢就吐了舌頭，卻被她伸手指頭彈了一下，她說這邊有很多人都認識她，要我注意形象。

但是我不需要形象為何我要注重形象，我有點害羞的跟黑田說，她說，為了她可以嗎？我說好，卻覺得害羞，黑田笑我為何要臉紅，我也說不上來，過去我沒有這樣的經驗，我沒有這種甜蜜心動的感覺過，過去的情感經驗從未帶給我幾乎是童話重現般的真實感受，但這感受伴隨著卻是隨時會消失的巨大虛幻憂慮。也是這種幻夢感讓我裹足不前。

在那瞬間我的心情變得很糟，這一切本就不屬於我，一個不小心我就會消失了，第一道菜是甜豆，我看一覺得哈好好笑怎麼會是這種家常小菜啊。我外婆小時候就會做給我吃啊，但我不敢表露出來，我安靜的看著別人吃飯的樣子，所有動作一個不漏的照樣進行，我咀嚼那些豆子，安靜感受豆末在我口腔內逸散的香氣爬進我的鼻翼。

香氣沿著淚管充盈了我的眼睛，我哭了，因為這真是太好吃，而除了非常好吃之外，我想起我幾乎陌生的母系阿婆。這是我小時候吃過的味道，我偷偷的擦掉眼淚，用上菜前西先生走過來替我親自圍上口布，我受寵若驚，黑田卻稀鬆平常的接受，跟西先生閒話家常，黑田告訴我原來這家店是黑田家的舊識，西先生父親跟黑田祖父是好友。

每次父親來東京，一定在這用餐，我就對黑田說，他現在正在這吃飯吧？那他坐在什麼地方？黑田說你好聰明，怎麼看出來的呢？還是你偷偷學了日語，聽懂了我們剛剛的說話？我也被自己嚇了一跳，其實這種靈光乍現式的奇特感應在來日本工作後發生太多次了，黑田剛到達的那種莫名緊張感，或這個擅自訂位的鬧劇根本也不是巧合。

我看著黑田，說我對周遭人物情感環境感受能力極為強烈，小時候在台北的某個紅磚道上，剛好經過一個坐在椅子上的老人身旁，大人停下來替我繫鞋帶，我嗚哇就哭了出來，大人問我為什麼哭，我說那個老人家身體不舒服，我覺得很難過，路邊的老人家拍拍我，跟我說小朋友你好聰明喔，怎麼會知道婆婆不舒服，你要乖乖的不要哭。

我對黑田說完這件事時，第二道菜已經上了，是河豚白子佐上刺蔥醬汁，我停下說話，吃了這道菜，微妙的汁液濡密揉和河豚白子的動物性蛋白脂肪香氣，不怕燙的我一口吃下，天啊這是什麼美好的味道，黑田說不要哭，婆婆跟我都知道你很善良喔，聽她這樣一說我又

想哭了，這女生真的很迷人啊我在心中喊叫著，不過當然我沒有大聲說出來。

黑田大概已經住在我的心中了我想，她竟然說你是不是在想我，我發現整個跟她相處的過程就是一直在各種驚訝及驚喜中度過，這種感覺實在太虛幻了，加上食物，加上異國，加上我從事的職業，我有一種活在戲劇中的實感，但這種實感令人恐懼，我從小生長的環境，我兒時的創傷，孤獨生活的黑暗，貧困拮据的親身體驗，對比此刻，如墜甜蜜香氣的霧中。

黑田把手伸過來與我十指交扣，我最喜歡的親密時刻就是十指交扣，我想過去的情感對象都沒有像黑田這樣給我這種感受，我喜歡這樣的親暱感，黑田除去了手套，她的手指好像玉那樣光滑，可是又很溫暖，她的指骨硬脆而有彈性，透過她肌膚傳來一種迷人的堅定感，她用力握了我一下，霎時間我有一種轉身瘋狂輕吻她的衝動，我轉頭看了她一眼，她也看進我的眼睛，她鬆開了手，指尖滑過我的手臂，低頭吃完她的第二道菜。

第三道菜是牛蒡烤鰻捲，四萬十川產的野生鰻魚搭配新鮮的牛蒡，黑田說這是八幡卷，在京都南部有個叫做八幡的地方盛產牛蒡，她說牛蒡跟白子都是春天的菜肴，吃了讓人會開心快樂的，第四道菜是蝦泥跟油菜花天婦羅，第五道菜是鯛魚與鰆魚的生魚片，配上鹽漬蘿蔔油菜還有山葵，這兩道菜上來的時候黑田正在跟香港阿姨交頭接耳講日文。

我則是第一次環顧四周，我們身後牆上掛了書法，是我看得懂的漢字。真味只是淡。一直到好多年過去這句話的力道才穿過了時空，深深地寫在我的心板上，後來我每次到京味吃飯，看到這句話就會想起黑田，第六道菜是御椀，一樣是蝦還有我不知道是什麼花瓣和山藥，絕美的高湯勾淡淡的淺淺的芡，像是剛剛吻進黑田的唇。

第七道菜是海膽栗子，海浪拍擊岩石上攀附的海草氣味類似身體私密的香氣揚起的波浪，春天的栗子穩穩攤平在舌尖如同綿密的軟墊，接住這樣的氣味纏綿，第八道菜是鱧魚也就是春天的狼牙鱔京椒鮑魚天婦羅，稠密的油脂香氣跟爽朗的鱧魚咀嚼感，與青翠的京椒搭配，紀念今天雀躍的相處，鮑魚嫩脆彈牙麵衣薄香，和黑田妝容一樣淡卻細密。

第九道菜是腐皮蕨菜，我最喜歡的一道菜，蕨菜奧妙的澀味，帶著森林的清爽香氣，嫩軟微鹹扮進豆乳濃

厚的豆香氣味，像是翻閱新鮮書頁的味道，跟黑田一起找資料的時候，她的指尖都會有那樣的書卷氣息。第十道菜是豆腐田樂上面有花椒葉的香氣。會讓我想到黑田從春雪的戶外走進來的時候帶進初春冰涼帶著草苗樹芽的氣味。

所有的氣味口感絲線，讓我想起日後在大阪家中赤腳起舞的黑田腳尖在劃過和風庭院白石舞纏成索，鋪條引路的徑，一開始不起眼的開胃三樣，煮小魚，蕎麥漬牛蒡壽司，海鼠腸，傳統作法在這筵席的末了，突然發光成為指路的星芒，但又跟這個領導潮流城市那麼切合，富過三代才懂吃穿在日本真的不是場面話，而是一句想當然爾的經驗結論。黑田淡然自在優雅的吃著。

最後是這家料亭的壓軸，春天有多了特製豆飯，就是一開始的甜豆用陶釜煮成，京味最著名的鮭魚飯登場，上面灑了三葉芹跟炭火直烤的鮭魚魚皮，在我難以言說的飲食體驗中，對在場的其餘人來講，特別是黑田，這是一餐家常的日用飲食，因為我所知道的事物，她都在餐飲間輕輕說來，我見過的女性的性感魅力處，都無法超越那天晚上說菜的黑田。

末了，我們吃了西先生親手做的黑糖葛粉，他拿出一個長方形鋁盤輕輕澆上薄薄的一層葛粉芡汁，在冷水上輕輕地搖晃著，接著拿起小刀間朝鐵盤劃了數刀，用刀尖把葛粉條撥進裝滿冰塊的器皿內，黑田一邊說明這樣的做法，一邊說她也要另外一種黃豆粉裹黑糖葛粉，

我一直看著她的手指頭擺頭跟轉眼，感覺充滿了韻律跟聲調。

我覺得有點好笑，畢竟我是音樂白癡，怎麼會有這種音樂性的想像呢？我自己訕訕笑了出來，黑田問我笑什麼，我跟她說，她說話的節奏讓我覺得聽見了某種音樂或是節奏，她說這樣很好啊，你有很多你不知道的可能性，昨天你也不知道你會在這裡，我點點頭。也許富足的人若是知道鼓舞或是嘗試的可能性，他們說起來都會顯得充足可信。

我從未想像過現在的場景會進入我的人生，對我來說這份天上掉下來的工作就是一份夢想中的賞賜，我沒有想過如何延續，我只像個追逐球或羽毛的少年，拚命的狂奔，但黑田令我想要休息，我想起大學時讀的聖經，想起聚會，我跟黑田說我想要去教會。我需要上帝，因為我開始迷惘。我有問題想問祂，我覺得這些好令我恐懼。

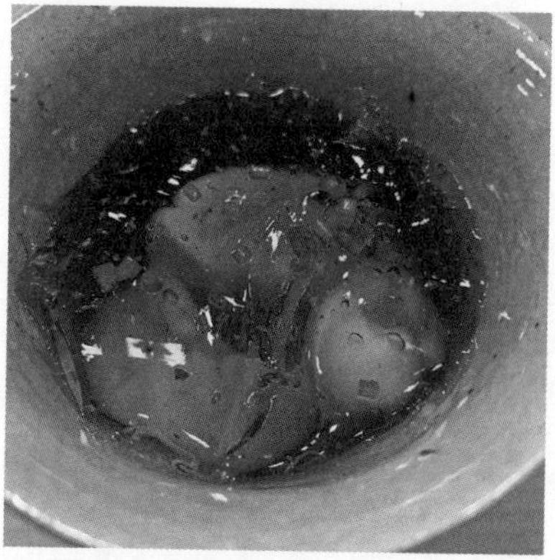

每次我腦中閃過這些我自我的定位認知跟情緒問題，黑田就像是感應開滿的天使一樣，撫平我背後隱隱張揚起的尖刺鱗翼，她知道我心中有頭獸，她卻沒有想要馴化我，我不知道她想要什麼，可是我正逐漸離開我的巢穴，熟悉的山野水域，走向她，朝有她的地方前進，望向有她氣味的平野，無論日夜，倉皇的走在這個我或許根本無法，也不適合生存的龐大島嶼帝國。

黑田牽著我，用餐時間結束，西先生消失在廚房那頭，我好奇看了一下結帳的金額二十多萬日幣，天啊這是什麼天價，我的恐懼感油然而生，從小這種恐懼感就會引發我的防備心，我的防備心一起就會拒人於千里之外，再也不開啟能夠發現那些細膩處的感官，取而代之是攻擊性的帶刺言語和尖酸苛薄的刻意挑釁詞句，過去的我總是如此以致孤獨。

初春港區西新橋戶外的半空總帶著酒味海風跟燈火晃曳的煙霧氣息，我們站在外面，黑田臉朝虎之門的方向，那邊站著一群人，西先生正在跟他們說話，一個黑色西裝的先生看向我們這邊，黑田朝那個方向鞠躬，方臉的先生卻沒有看著黑田，他看著我。不知道為何我也一起鞠躬。黑田直起身子朝向我說那是我的父親。方臉先生走過來向我遞出名片。

我再度躬身，這次充滿尊敬，我也拿出名片，恭敬地跟黑田先生交換了，我握住黑田先

生的名片，指尖感受到的是和紙的材質，那種一絲一絲疊上的細緻，黑色的端正明體寫著黑田雅造四個字。下面就是公司的頭銜，黑田鍛鐵株式會社。黑田現代鋼鐵株式會社。鐵工黑田組株式會社。三行公司。背面則是一樣的字體，寫「萬鍛造心」。

我端詳著名片，霎時間姓氏背後千年歷史感巨大無匹。黑田澤子和父親黑田雅造則端坐在遠方的姬路城上，看著我。也許是我電玩動畫漫畫看得太多，這種真實的幻象在我內心具體得不得了，黑田父親朝我笑了笑，對我說，下次再一起吃飯，他說的是中文，而且非常標準，我又被這種優異的自在應對震懾，果然是出身不同。我立刻點頭回應。

黑田父親跟西先生握手完之後就轉身準備上車，突然接著他朝我們走過來，出現一個瞇眼開心的笑容，他朝黑田跟香港阿姨說話，古川先生一直站得稍遠，沒有靠很近，我心中思緒萬端，也不知道要說什麼，明天要去哪邊上班還不知道。仙台手邊沒有客戶東京職位還沒確定，搞不好一接到命令，我就要回台灣，要怎麼跟黑田說再見呢？

正當我煩惱著，黑田走過來跟我說她送我，不過好笑的是我根本不知道我今天住在哪邊，這次回東京根本就沒有安排宿舍，而我訂的飯店只有一天而已。仔細想想我根本不知道這次來東京幹什麼，我其實就只是因為黑田才來東京的，我內心很清楚，而且我也不管工作重不重要了，我這次就只是為了見她才來的。三月底的東京有些涼意。

我被黑田拉上車，一上車她也沒有說要去哪裡，就只是摟著我，很緊很緊，我說我有事想要問她，她什麼也沒有說，只有說不要擔心我會處理，然後她緊緊抱著我，我根本不知道要開去哪邊，但是那又不重要，我有看過我存摺裡面的薪水，有將近四百萬的日幣，是我這一年多賺到的薪水，不管發生什麼事情，可以先不管了我原本的生活了嗎？

我只想跟黑田在一起。在那個時候。我這樣想的時候我也這樣說了。黑田說她也是，天氣其實沒有冷到讓人發抖，可是我們兩個都在發抖，微微的，隨著車子輕輕共振著，晃動車行穿過皇居，外苑前的草皮上樹木好像小小人影，各種姿勢，拉長的黑色影塊扭曲跳動，黑田捏緊了我的手，指尖微微透過我的肌膚皮層，尖尖刺刺的好真實。

是啊這不是夢我跟自己說，我知道這不是夢這是真正的現實，一個從未見過的世界的從未見過的美人強者，說著各種我不會的語言，也會講我的語言的女生，竟然對我有好感喜歡我，這太不真實了，我在台灣住的地方，簡陋到牆壁上都有水漬，是在象山山腳下台北市少數沒有鐵窗的一二樓平房，來到日本東京，跟進入電影裡面一樣夢幻。

不過因為我的行業是廣告，我太了解很多看似美好事物的表象背後，都是創作勞動者的血汗，拍片現場的大家都是工人，印刷現場的大家也都是工人，展覽施工現場的是工人，連我們打字的畫圖的做稿子的也都是工人，而黑田所代表的，是另外一個階層的代表，資本家，大型商社，世界最大的廣告公司，名門派閥，這是一道削直落下的絕壁。

我則是那崖上搖擺的花樹，風一吹，就會搖擺抖動，根本不知道能抓著什麼，就只能這樣緊握著黑田的手，迷惑又幻魅的看著車窗外的燈火透過車窗與樹影，流進逐漸溫暖的車廂。黑田家的司機將駕駛與後座的窗升起，黑田親親我的臉，我轉身摟住她，那種微微的抖顫逐漸凝結成為身體的震動，有一種從靈魂而來的需索，像是某種凜冽的香氣一樣迸發開來。

沿著窗外的高架道路，六本木新建高樓簇新的車道燈光與石材壁面讓車內亮度陡增，黑田的眼神卻更加的濃烈奇特，那是我從未見過的煥光，我幾乎像是赤身裸體那樣的羞赧，不敢與她對視。她靠近我的耳朵，跟我說，晚上住在我這吧。我點點頭，我覺得我正在犯錯，但卻充滿了期待，並不是我做錯什麼，而是我覺得不應該來到這個世界，接近這個人。

這樣，我可能會後悔再也不想回到我的世界，我很害怕，但是黑田身體的震動讓我抱她抱得更緊，車子駛進地下室停車場是淡麗的藍色光，車子停妥後光芒逐漸暗了下來，只剩下地面的藍色光條，通向一個亮著黃光的方形入口，黑田移動了她的身體，我和她一起下了車，緊緊的抓著她的手。黑田家的司機真的訓練有素，從頭到尾都沒有存在感。

後來我才知道這個司機是他們家好幾代的員工。跟黑田的爺爺一起上過戰場，我跟黑田進了電梯，電梯中我們靜默不語，黑田知道我在想什麼嗎？這是一種清楚的主從關係，在這個異國，在這個大和權勢頂峰之都，我正在攀爬這座無形的天守閣，你知道姬路城嗎？黑田突然說，我點點頭。進到客廳，窗外的東京港區夜景把室內黑暗處拉向濱離宮庭園方向，直接接起港灣成為一幅框景，我被這樣的景象震撼，一座白色的小小城堡剪影就在窗邊。

這是我最喜歡的地方。姬路城。這座模型是我請人幫我做的。

黑田說小時候爸爸常帶我去附近的千姬小徑散步，這是黑田第一次提到她爸爸，而我只是靜靜看著聽著，黑田坐下來並沒有開燈。我看她開始脫下外套，她拿起桌上的遙控器開了室內的空調。嗶嗶的兩聲，室內風機的聲音輕輕作動，黑田將外套隨意地擱置在沙發上。接著她站起身，從裙角拉下她的絲襪，動作輕暱優雅，我聽見絲襪摩挲的聲響。黑田的香味飄了過來。

我依然在沙發後方站著，黑田坐面向陽台落地窗外側邊的沙發。窗外的光照進來剛好切亮了她右側面的輪廓，你看，又下雪了。仔細的看可以發現窗外飄著細細的雪花，這場雪不小，室內開始有斑斑的影子，從上而下，無聲的飄下墜落。細細的影子也落滿了整個屋內，窗外的光從遠處大樓來，我為了避免尷尬，一直努力看著窗外。

我瞥見黑田將腳放到沙發上。裙襬下露出的膚色，竟然能夠反射窗外的光，好白皙的肌膚，為什麼之前在找肌膚模特兒的時候沒有考慮她呢？我職業病發作的自然而然問了出來，妳好白。為什麼之前沒有用妳當肌膚模特兒呢？黑田笑得很大聲，好像風鈴那樣的響脆清亮。除了你以外沒人知道我皮膚很白。黑田說。想喝什麼？把東西放下來，忘記工作跟公司。

黑田拿出各種清酒燒酒啤酒威士忌紅酒白酒香檳真的全部都有，打開冰箱準備酒肴，然後開心的哼著歌曲。開啟了一些室內的燈光並且讓我稍微看清楚了室內的裝潢，地板是方形黑色石材間隔長方形白色石材的地面，黑田赤腳站著，她塗著荳蔻紅的腳趾甲油。地面很冰冷，可是我卻全身發燙著，遠方有著跟那名片背後一樣字型的匾額，上面寫著斗大的書法字。

千錘百鍊

黑田卻站在那匾額下面，慢慢解開她襯衫的扣子。瞇著雙眼沿著中間的藍色光影朝我走過來。這是我爸爸放在這個家的。他要我們所有的人，都能夠有這樣的心理強度，我應該不用跟你解釋吧？黑田說。解開襯衫扣子後，她開始去拿酒喝，我放了心，走近那幅字，我發現署名竟然是黑田父親的名字，黑田雅造書，黑田家當主。黑田把她的衣服掛上了字幅。

夜色裡，黑田像是白色的精靈，能見到的肌膚一律潔白透紅又反映著淡淡的藍色紗芒，她尚未褪去黑色雪紡紗裙，單穿著黑色的無鋼圈內著，音響傳來坂本龍一的音樂，濃厚的和風音樂，她跳著舞，我不懂的舞，有日本傳統的扇舞節奏，手指腳尖向黑暗卻用芭蕾的韻律來探索，伸展肢體卻是現代舞的張力，我第一次感受到自己辭彙的貧弱稀少，若是當時。我沒辦法描述。

回想起來，當時與她相處，累積這些極端物哀耽美絕倫的經歷，構築了我日後的品味與偏好底圖，我則是在後來的描圖紙上一筆筆的畫出我跟黑田想像中的自己，侘寂幽玄在這些事物中則如雪飄散，如櫻輪轉，一年一歲的堆疊成我現在的樣子，想起來都是感謝，也都是痛楚，回憶淚眼中，我又回到那場舞，我靠在沙發上看黑田跳舞，一動也不動。

她一邊舞著，一邊褪去上身的內著，一邊舞著，

越慢越輕柔，她看著我笑著，眼神明亮像女孩，肢體完全是成熟的女人，她把我推落在沙發上，然後她跨過沙發，跪在我身上，開始吻我，她的長髮垂下如是一整片銀河流瀉降臨在我這泓黑色的靜潭上，一開始是明亮的月輪貼在一起，然後是千億顆星斗，瞬間成為流星，靜潭於焉沸騰，我們鎔鑄成岩漿。

黑田的身體從冰涼變成滾燙，真的就是一瞬間的事情，我看見她唇上有細細的汗珠，她的手臂上有細細的體毛，帶著銀亮沾滿夜光，她身形的剪影極美，像是在詹姆士龐德系列電影片頭那樣的均衡，卻更優雅，但是這一切的溫度都極高，如同燒融琉璃那種青芒，灼熱的氣息濃著如蜜，黑田的香氣充滿了我的咽耳腔室，口舌眼目，愉悅地令我窒息。

無氧的狀態持續，無法思考的狀態亦是，想起要喘氣時我們已經在黑田的房間裡。我們成為陸地與水中的獸，凝聚某種無法具名的氛圍，房間成為森林與河流，

水流聲，土壤，葉片落地的聲音，窸窣的動作，氣味，特別在獸醒來的時候，無法喘息隨時會死亡危險的催逼，讓生理的天性需要更為濃烈。母獸眼眸有著美麗的光，油亮而光滑的軀體被夜光勾勒得流動起來，游動的姿態劃出的波紋，像是絲線，散出去的方向，如同聲納的反射，雄獸輕銜著母獸的手指腳趾親吻，瘋狂梭速來回在母獸的海中泅泳，一波波的浪湧傳出去，浪的峰谷上下都充滿生殖厚實的氣味，當波和浪交纏成漩渦，岸邊的草就會搖擺起來，那些床單成為峽灣河谷，聲響曖昧而隱晦。並非是要刻意壓抑，這是一種默契，除非彼此咬齧過分了，我與黑田都刻意不發出聲響。

然後，天亮了，在月與日在雲後交錯的灰濛用暗紅比喻了某種開始和結束，火山凝結的地中蒸起的霧靄朝河面流去被溪流帶散成碎裂的絲棉裙襬，我們對看彼此晶亮的眼睛又再度濃濁起來，黑田跳進我心裡的壩，遁入潮溼的巢穴埋頭安睡，潺潺的水聲，偶而滴落在嵌合的枝椏間的水窪，魂魄棲息在那些細小安穩的字中靜自充盈。多麼希望我們永遠是這房間棲息的獸。陸棲水棲都好。

可是現實來得快且巨大，我們起床的時候已經是東京的黃昏，公司寄來的訊息我已然去職，私人物品需要在三天內清理完畢。好險我沒有留下任何物品，流浪漢的敏銳讓我早早收拾乾淨，黑田跟我說，你已經有我了，不要擔心。其實我不擔心，我應該可以賴在這邊一陣子，或是一生。重複了這樣的日子極為美好，每天我等黑田去吃晚餐，銀座新橋的各種餐廳，食物且不說，各種精緻的酒品飲物，然後回住處，我們親吻做愛，隔日天明，黑田出門。我一直玩電動看我不懂的日文版漫畫，等她回家。

她不說，我不問，就這樣過了十天。黑田拿了機票跟我說，她辦好留職停薪了，我們回大阪見爸爸。沒什麼驚心動魄的推拖拉扯，黑田株式會社的車在剛剛蓋好的關西機場，接走黑田，我上了飯店的車，來到六甲山下，正對新大阪站的簇新飯店中，我從身邊往來的人聞到跟我相同的氣味，我想我還沒有去黑田家的資格。姬路城很大，而人的出身很小。我知道。

武家的後代思索了什麼我並不清楚，我才住一天，隔天黑田就來飯店接我，告訴我說因為要回京都，所以沒跟我留在大阪，她回去京都整理房間，我有自己的房間在黑田京都的家。我想的跟黑田一直都不一樣。乾脆什麼都不要想，我就配合，上車，下車，吃飯，聊天，彷彿工作一般，身邊的人都在看我，我還是什麼都不要想，傍晚，我來到黑田家。一道沒有盡頭的黑色與米色圍牆。

高聳的木門屋簷，上面有著黑田家的家徽，記載著武家的血統歲月，不知道有多少年了，我依然什麼都不想，跟著進門我被帶到一個空間，之所以用空間形容，是因為這個空間很大，大到我不知道怎麼形容，我只看到遠處的大字，知道這一定是黑田家的主廳，那字體極為熟悉，橫書依然是我能讀的漢字，「重寶國剛」有十塊榻榻米那麼遠吧。字體跟我的半

個手掌一樣大。

我估算著距離但是馬上失敗，因為我依然告訴自己什麼都不要想。我在這待了一下下，不知道是十分鐘還是一分鐘。我進到另外一個適中的房間，一樣是跪坐，廳室的中間掛的是直書，「鐵之王座」，黑田拉開了左一側的門進來，穿著和服，過了幾分鐘或是多久我不清楚，黑田沒有看我，我無法什麼都不想了，右一側的門拉開，黑田父親坐了下來，遮住了王座兩字。

我望過去，看到的就是黑田的鐵之父親，日本鍛鐵業界人稱「鐵之雅造」的黑田雅造，黑田父親很直接，不嚴肅，很親切地用中文說，你辛苦了，黑田告訴我了，我會幫忙你們在京都的電通暫時幫忙，處理一些我們公司的行銷事宜，參觀一下資生堂跟一些製作衣物的工廠，他說話的速度不快不慢，而且是用中文說的，但是我其實完全沒有記下來，這是隔天我看行程才知道的。

我唯一記得的是，如果你愛她。你就必須要進入黑田家。

那時我想都沒想，我說不行，我得回台灣，可是我是回去請求同意的，我願意來到黑田家，可是我必須取得養育我的長輩的同意，這不能透過電話，我的意思是這樣，我不知道黑

田如何跟他的父親講，總之三天後我回到台灣，我問了阿公阿嬤，他們說好啊，你去啊，如果你愛她。阿嬤說。阿公則沒有說話，只有點頭，那時他的能力器官都已經非常退化。我雖然擔心，但也沒辦法。

黑田喜歡阿公阿嬤，阿公阿嬤都叫她Kuroda，我謝謝她陪我回台灣，我跟女友說了澈底分手，我以為處理好了的事情，當我陪她回到京都的時候，夏天都快來了。黑田告訴我，我是古川先生用來鬥爭業務部的旗子，而業務部背後的古川太太家族，則是跟黑田父親亦敵亦友的宮川礦業家族，聽到這個時候我就知道一切不是運氣了。我是被安排的一個角色而已。

唯一可靠的只有黑田而已。我當時，只能這麼想。

直到黑田的父親告訴我五年內的讀書及上班計畫，出國理解黑田家族事業，學習良好的商用英文日文，符合身分的學歷補上，然後把阿公阿嬤接來這座宅邸的附近，有他們替我們準備的地方，這一切需要五年，我則沒有空回家，我以為沒有空回家是一個有些誇張的描述方法，但實際上，黑田家的企業訓練計畫，真的沒有要讓我回家，回台灣的家。

事情來得快，速度疊起來就是浪，黑田陪我回台灣檢查的時候我檢查出不好的地方，黑

田家族很快就知道了，他們非常堅持我必須要在日本檢查，我拒絕，因為有可能會回不了台灣，我跟黑田說我必須要回家一趟，我沒有這麼嚴肅的跟她說話，她聆聽的時候，錯愕只有一瞬，但面目凝結如霜。她問我，她要陪我回去嗎？我說要，除非她不願離開，這座慘忍又噁心的人性修羅場。

黑田說好。她陪我回台灣。哭著說。

台灣治療的過程不講，幸虧發現得早，很快就能坐能躺，能走能講，黑田很開心，為了照顧我她瘦了一圈，我們在台大醫院附近散步，我問了她還好嗎？她說，不好。爸爸希望我們盡快回家。黑田經歷的一場又一場的轟炸，比她父親的父親在戰爭中經歷的不遑多讓，我第二次見到黑田的眼淚，這帶著請求，而我殘忍非常，我說如果妳願意，妳會為我留下，在這個地方。

她沒有回答。

兩天後我辦理出院，黑田說她要留下，這次她放聲大哭。畢竟她捨棄一個她擁有的近乎完美的人間天堂。故事當然不是這樣。就在找了房子找了婚禮地點買了家具選了所有的物品，一切都順利沒有日本來的電話的一個月的午後，黑田接到了電話，她家族醫院要她回家一趟，這次是她父親在醫院。而我完全不相信這不是假象，不是騙我們要回日本的假象。

黑田要我陪她回去就知道，我拒絕了。第三次。黑田哭到聲啞。

我們都沒說話，隔天黑田就回到京都她的故鄉。

十多年後，我讀到她父親在東京家族博物館的傳記，離世日期是二〇〇七，我才知道，一切都來不及了。而一切也都回不去。我們在東京相見，吃了過去一起吃的餐廳，坐上同一個司機開的車，黑田一樣住在離我飯店不遠的距離，可是一切都回不去。我們笑著談話，輕握彼此的手，分享我小孩的照片，這是我第四次見到黑田掉淚，這一次，我遞上紙巾給她。

這是我的黑田。

二、雅造的黑色櫻徽

雅造從屋舍自己房間的窗，往外看到最遠，也看不見大門，要見那個台灣來的男生，卻有一種從未體驗的感受，這個男子懷抱的是怎樣的心腸呢?為何澤子會喜歡上這樣出身的人?上次在東京匆匆一見，男子跟過去在台灣接觸的員工氣質很接近，有一種荒林蒼地的氣味，像一頭獸，臉目皆似，瘦弱卻張著自負自保的齒牙。

管家通知澤子他們到了，雅造早已穿好正裝，吩咐管家帶他們到座敷，那是黑田家歷來接見重要賓客的地方，如果是澤子喜歡的人，應該要很正式的接待，澤子才會覺得開心吧，雅造心想，黑田家的主殿室內被改建成現代建築，但是外表依然耗資不菲的保有傳統，日本開始流行將舊有的武家屋敷改裝成觀光旅館。

但是雅造不喜歡這樣的流行，能夠將祖先留傳下來的事物好好保存，是後代的責任，

也是後代的能力展現，這樣的維護對一般人來說根本就不可能，大多是需要政府的資源來支持，但是黑田家不需要，因為黑田家是滋賀重寶，關西鋼都黑城，這是過去薩摩藩主說過的，先代曾經叮嚀過，就算死，也要維護的。

雅造不喜歡的事情很多，他不喜歡過多的色彩，話語言談，不喜歡繁複的禮儀，不喜歡這個家族帶來太多太多他天生性格中不願意習慣的事物，不喜歡自己的妻子接受那麼多的束縛，不喜歡自己開創的海外事業就這樣被併入家族的規劃中，不喜歡妻子在女兒成長期時就撒手人寰，不喜歡的事情太多，除了澤子。

雅造從未溺愛過女兒，或是過度的嬌寵，雅造認為自己跟女兒保持一個很良好的關係，家族的傳統與現代的進步，雅造一心希望女兒可以往世界飛去，這個家的惡業善業，就到他為止。也因此，從澤子出生到求學就業，他幾乎聽任澤子選擇，他從分家找來堂兄秀乃的長子，光也，培養他能準備以後繼承黑田家。

光也從小就住在這座黑城裡，作為繼承人，分家回到本家的寵幸也是巨大的石塊，斯文的光也從未拒絕過這些事情，他就是靜靜的，靜靜的接受訓練跟栽培，就讀京都大學工業學院的工業化學，前往美國留學，取得博士學位，回來加入新日鐵，娶妻，生了孩子，一切都是那麼的平靜穩定，黑田家穩定有後。

雅造邊走向座敷，先經過先代們的寢處，他從來沒在裡面住過，畢竟當初他是拒絕成為黑田家當主，希望在航海運輸上開創自己的天地，只是最後回到這座巨大的城堡他始料未及，他思索著這六十多年的人生，他一直不是一個傳統的日本人，但最後傳統依然勝利了，他回來了，並且替祖先們安置好未來一切。

雅造拉開座敷的門，澤子與男子已經端坐，雅造持續觀察這個男子，男子極有禮貌的跟日本人一樣俯伏問候，雅造並不喜歡，不知道為何，他不喜歡外來的人一直使用日本的行為跟習慣要拉近跟日本人的距離，這並沒有不好，但會喪失原來的樣貌，雅造看過太多失敗的例子，對於失敗非常敏感，於是他皺眉。

請不要拘禮，王君，輕鬆就好了。澤子受你照顧了，雅造說。不不我才受到澤子的照顧，王看了澤子一眼，希望澤子幫他翻譯，澤子搖搖頭說，父親聽得懂中文，王君你可以直接與他談話，王看回雅造，臉紅著說您好，受到黑田君的照顧很多，很高興能來拜訪您，雅造點點頭，王君一路辛苦，仙台東京兩地。

雅造突然被澤子表明要說中文，不喜歡的感覺變得強烈，怎麼會要我說中文呢，客氣地招呼是沒有問題的，中文沒辦法表達準確的意涵，王君不會日文，我的中文很不好，澤子的意思是什麼呢？雅造不喜歡這種需要猜測意涵的狀態，也不喜歡這種在明顯流露出短絀的處境，於是雅造開口揮手招呼了管家。

管家被訓練得跟忍者一樣，完全看不見人影，但一招手就會出現，這是雅造訓練跟管理的，他不希望自己身邊有人，但是卻希望家事管理者可以隨時關照他多病的妻子，還有遺腹的女兒，至於繼子光也，卻也被訓練得跟管家一樣，幾乎在這個家隱形，王君跟光也完全不一樣，可是雅造想起光也在家的樣子。

光也啊，雅造忍不住嘆了一口氣，澤子說父親怎麼突然嘆氣了，雅造不想說想起了光也，只對管家說可以把茶跟點心送上來了，管家點頭，雅造對澤子說，想起了一些事情。不好意思。澤子說，父親你說中文吧，王君聽不懂，雅造轉頭對王君說，喝杯茶，我們晚上一起用餐，讓澤子帶你去住在我們家族自己的飯店。

澤子接話，但對雅造來說，其實是插嘴，王君已經住在車站旁的飯店，那樣比較方便，當然是父親大人招待的，澤子說完對雅造笑了笑，雅造也笑了，這些不算什麼，來的都是客人，但是王君似乎不算是客人，雅造不喜歡這樣曖昧不明的時刻，王君過去來過大阪嗎？從未來過，王君搖搖頭，請澤子帶你去走走看看神戶大阪。

王君似乎發現這是場面話了，點頭後就靜默不語，端看著牆上的字。王君對這有興趣？不知道是想要轉移注意力還是懼怕與雅造眼神相對，如果是後者，那麼雅造其實非常不喜歡，王君沒有看著雅造，反而是說，這書法寫得真好，而且感覺上是保存很久了，但是狀況又不錯，果然是很有歷史的地方，真厲害。

王君說的話讓雅造自問，難道他知道這是國家級的墨跡嗎？應該不可能，王君出身不可能見識過太多貴重物品，這從未展示過，只是在國家的美術館列管的作品，想到這雅造又煩躁起來，未免也太在乎這些細節了，也許就是一個欣賞的意見，何必又來煩愁，不喜歡這樣的情緒起伏時，管家送來三人的茶點心。

王君有一種非常熟悉的膽氣，是他過去在高雄港創辦貨運時所遇見台灣南部人的身上的特有氣質，對雅造來說又熟悉又感到陌生，只是這樣的狀態對他來說覺得厭惡，因為過去的類似經驗，這些人沒辦法用他熟悉的道理來判斷，這些人總是會回應令他無法理解的反應，又或是不接受他提出的優惠待遇令他感到厭煩。

雅造過去在高雄從事港務的籌備，是家族事業中的附屬子公司，人員編制跟規模都非常小，在家族中基本上是一個不重要的分支機構，雅造想要自由，他喜歡台灣這種偏僻不繁榮的地方，政治上也是有很多曖昧空間，讓他們在各樣的談判跟條件上都有很多的曖昧空間，不過這些地方上的人很容易就不認帳。

他覺得不安跟不耐的感覺越來越高，澤子開心的提起要去拜訪京都紡織公司的事情，雅造想要阻止卻沒有開口，有點不知所措。雅造決定進入他原本的模式，站在主動提出令人無法拒絕的要求這樣的姿態上，來進行與王君的對談，他也決定直接來向王君表明他的心態，澤子並不是一個單純的女子，她背負了整個家族的發展與責任，因為光也無法這樣做了。

光也一家的死訊其實改變了雅造很多，他從過去那個充滿夢想跟探險的角色，安排各種巧妙的計畫跟選擇的角色，從完美的天衣無縫的高峰上，墜落入無邊奈落，就是因為光也的死，這個接班跟發展的計畫全盤打亂，家族內的反對勢力一時風起，越吹越盛，那是櫻花盛開的日子，但那些櫻花在雅造的眼中，竟全都是黑色的。

這並非是文學或是藝術的描述，而是雅造的身體出了問題，沒有光也作為備位的家族領袖，分家跟旁支的反對勢力，其他大型財團持有的市場派取締役代表們如光似風穿梭在這座祖先傳承下來的歷史巨城裡。陽光跟空氣都會傷害古蹟，這是家族的博物館館長時常在雅造耳邊提醒的事情，雅造總是點頭會意的看著。

這時候雅造搖頭了，他不願再想起光也一家在阪神地震時的事情，那是無比巨大的天意，上天是不可逆的，雅造終於了解了，他也將這樣的事情告訴了澤子，如果未來她的對象沒辦法接受入贅黑田家，那麼雅造將會清楚的反對這樣的交往，澤子點點頭，以至於她至今都未有一段完整的戀情，澤子在海外做了什麼雅造也都有風聞，但是他不置可否，因為那是只是被禁錮前的可笑自由而已。

雅造自己領受過，這種人生的無奈跟痛楚他非常明白，他時日無多，腦裡的病變令他無法過度濫情，也只能盡速的要求澤子所愛的人，盡力的配合而已，他竟然正在變成他最討厭的長輩與大人，思及此處，雅造握緊了拳頭，這些念頭在腦中一閃而過而已，他看了看錶也只有過了七八分鐘，王君正認真的聽著澤子說這些文物的歷史，想必是對日本歷史非常有興趣的人。

王君，如果你與澤子正式以結婚為前提交往。你會願意入贅黑田家嗎？

王君似乎被這樣的問句嚇到了，沒有開口說話，澤子反倒回答了，父親，我尚未跟王君談到這個部分，現在提出是不是太快了?雅造對澤子點了頭。是有些太快了，但是因為要做的事情跟改變都太快也太多，所以我想不需要太多的迂迴，就盡快的提出吧，若王君沒有辦法接受，你們也可以盡快調整你們的心情，你們都是大人了，我這麼說沒有要干涉的你們的意思。

王君仍然沒有說話，澤子又準備開口，這個王君是不是沒有擔當呢?

我個人是願意的，但是因為事關重大，我必須要回台灣當面取得阿公阿嬤的同意，我是他們養育長大的，我需要他們的認同，才能夠確定答應了這件事情。你知道同意入贅黑田家之後生活會帶來什麼樣的改變嗎?王君有點發愣，澤子也看著雅造，不知道父親接下來要說的話是什麼?

你會有全新的身分，改姓黑田，並且接受黑田家的教育規劃，重新學習語言跟經營公司的學問，必須要長住在京都，這樣你可以接受嗎?你也必須要到海外學習，這樣你的時間可以配合嗎。這些承諾都會對你的生活帶來巨大的改變，你會失去自己的決定權，不是輕易可以答應的約定，你能理解嗎?王君?沒有轉圜的餘地的。雅造再強調一次。

王君點點頭。但他的表情是疑惑跟不安的，這部分就讓澤子去處理吧。

那就這樣了，王君一起用餐吧。

雅造其實很遺憾沒辦法好好跟王君深談，他心想，日後有機會再跟這個年輕人好好聊聊，讓他知道自己以前也在離他家鄉很近的高雄這個城市，努力奮鬥過幾年，雅造衷心的希望自己的身體能夠等到那個時候，王君也能夠等到那個時候，澤子也還不明白自己的身體狀況，這樣的粗魯野蠻的父親她應該也沒見過吧？

果然澤子要來興師問罪了。

用完餐，澤子竟然回家了，沒有去飯店找王君，她在書房裡面等待父親的到來。而雅造只把醫院的報告放在桌上，就默默的看著澤子。是腦部的病變末期，應該就是癌症，目前無法開刀，只能化療跟藥物控制。請原諒我如此的匆忙，希望你們能體諒。澤子，這是我身為父親的歉意。因為我跟妳一樣，嚮往也尊重自由的意志，妳應該理解我。

父親之前對光也哥哥的嚴厲，將來也是這樣要求王君吧？

雅造點點頭。這也是沒辦法的事情，黑田家雖然不是大型財團，但也不算小，那麼多大大小小的事業，就算努力理解，也要花上很多年，其實不是嚴格，而是你們必須要能了解這些皮毛，然而就算是皮毛，也是很厚重的熊毛啊。雅造仍然開了玩笑，這是雅造的本性，很多年了，他沒有跟澤子說過這些笑話，光也的事讓他笑不出來，澤子也明白，畢竟那些漫畫跟電玩，都是自己父親買給他的啊。

我認為你會喜歡王君的。

妳喜歡就可以了，到我喜歡的，怕是來不及了。妳盡快進行在京都工作的安排吧。我會跟你們公司的古川取締役說明的。

男生嗎？澤子側臉看著父親。

當然是女生，雅造嚴肅地說道。

澤子離開房門，他們都沒想到，這是他們第一次，也是最後一次那麼直接討論王君的事情。後來雅造的病情急轉直下，最後澤子連好好的跟父親最後的說話，都沒有辦法。

只有家族病院外，巨大的櫻花樹，花瓣正在飛落，從無光的室內望出去，櫻花成為徽章，而都是黑色的。

每年櫻瓣都會落下，每年，澤子都會在這房間，不開燈，看著窗外的櫻花，從日升起到月落下。

三・芬芳的東北白雪

宮川芳，從小就孤獨的長大。她原來名字是很普通的芳子，直到高中畢業後，才改成單一漢字的書寫，芳。這是少有的，也只是男性才會用的。

做為沒落武家家族的長女，沒有男丁的小小進出口商社，在龐大男性的紛亂家族中，一個本家女性後代，她能做的就是觀察，聽聞，記述，最後放進心裡，什麼都不說。父親身體一直不好，年輕時候在遠洋貨輪上擔任管理職務，而孤身在家的母親柔弱而易感，她不願意也必須堅強。每日進出的各類男性長輩卻也要她必須無害，因為女子強勢在家族內，就算是這麼樣沒落的家族，都必須要低調而謙遜。女子無言即好女子。這是家族的教訓，而她一直謹記，就算能夠有考上東大的把握，她也決定留在東北，就算非常喜歡文學，她也念了自己不太擅長的理工科系，為的就是讓父親能夠有可以移動的棋子，父親喜歡將棋，也常常用將棋裡面的棋理來告訴自己的女兒，為人做事的的道理，芳一直覺得自己是將棋中的步兵，但是父親希望她成為香車，可以往前前進，父親知道女兒不想背負什麼樣的偉大身分，甚至只是想要像香車一樣，往前直行而已。高中父親過世後，家裡就再也沒有將棋出現過。大學時，透過分家伯父的安排，她擔任了東北大學的畢業生商務聯合會的青年部部長，開始接觸廣告代理的行業。而芳的名字原本有一個子字，大學後她取得本家的同意，把子拿掉，目的就是正式向分家本家宣告，她用單名一個芳字來代表執行長子的家督身分，說是家督，也就是那個一個招牌，四個員工，轄管著一些家族流傳的歷史文物，維護的費用遠遠高於展出跟政府的補助，但作為家族的掌管者卻不能放棄，父親就是這樣勞心成疾的。先祖棄武家從商後，把堀田的本姓改成出身地的宮川，要後代不要忘記出身，近江這個地方。充滿著這遷徙到江戶後又移居到東北宮城縣一系的光榮跟羞辱。

沒有人願意背井離鄉。

身邊有很多宗家堀田氏的大人物，遠從滋賀前來商借文物，每回見到父親那樣的卑微又希望能替文物畫卷爭取到很好的保護及旅途運費，芳都記得這些事情，也許是因為如此最後她棄理工而選擇了廣告代理行業，進入全國最大的廣告會社，應該也是全世界最大的廣告會社，她偏好經營冷門的客戶，縣市，博物館，文物館，浮世繪保存組織，傳統藝術基金會等等這樣的客戶，從入行開始搜集全國的資訊，順利的把家族的文物捐給公司，成立了保護文物的地方博物館，找來非常著名的建築師興建了佔地一千平方米的三層樓高博物館，父親的

畫像安靜的懸掛在一旁的廳室中，畫像前有父親生前最愛的將棋棋盤，六段棋力的父親，自始是芳的榜樣，而當她可以這樣看著這盤棋的時候，她已經四十歲了。

一直保持不婚主義的芳，望著東北天空飄下的雪，想起黑田雅造。

父親運輸事業商社常來求教的後輩，滋賀的名門望族，在京都大阪都有著穩定生意的黑田家族，黑田雅造從大學時代就常來找父親，芳記得他的樣子，黑田年輕的時候非常開朗，跟芳完全是兩種不一樣的類型，家族的勢力與經濟都很穩定，黑田君開口都是夢想，都是要離開家族創造不一樣的運輸事業，演說與眼神都像是海浪，一波一波的沒有停止，每次聽黑田君與父親聊天，芳總會制止，希望讓父親休息，高中生的芳總會輕輕地鞠躬，告知父親已經到了更衣沐浴的時間，降下正在人生海上闖蕩的黑田風帆，黑田笑著結束了對話，在父親病弱的時光中，芳是感謝黑田君的，黑田君來的時候，

父親會像是另外一個人一樣，也站在波浪上，迎著風，迎著日光。

父親過世的時候黑田君與家族一行前來弔唁，當時芳是東北大的女學生，黑田君黝黑壯碩的身形，令她記憶深刻，遠從南方島國的港都高雄，不曾稍停的一日一夜的趕來東北仙台，芳永遠記得，黑田滿臉眼淚的向父親遺體道別，收下父親叮囑要送給黑田君留念的將棋棋盤。黑田雅造拍拍芳的肩膀，日後有什麼問題都可以跟我說，不要客氣，妳就像是我的妹妹一般，請務必保持聯繫。

芳雪白的兩邊臉頰各輕綄了一絖紅線，輕輕點頭。

再度見到黑田君是十多年後。

成為日本傳統及政治藝術界博物館的業務局長，芳前往京都與贊助的商社會談，在晚宴上見到已經成為家主的黑田雅造，黑田君一如往常高大壯碩，神色卻不像年輕時晴朗開闊，黑色的眼眸如同神戶港灣的夜色，閃爍著忽隱忽現的亮光。宴會過半後，黑田君帶著妻子走向芳，芳起身鞠躬，黑田的妻子有孕身，看不出年紀，芳猜測黑田夫人與自己年紀相仿，在名流政經場合已久的芳，主動與黑田夫人招呼談話，黑田夫人羞赧的回以笑容，表示生產第二胎不順利流產了現在身體也沒有復原，女兒正值青春期又準備出國需要照顧，不便飲酒，芳自我介紹過後，與黑田簡單敘舊，芳便隨靠近兵庫縣知事談話，往遠處走開了去。轉頭看了黑田一眼，黑田也正在看她，黑田雅造看著她，而芳因為酒意的關係，有些擔心，也有些放心，黑田雅造應該不知道自己臉上的紅暈是因為他。

更明白了解黑田家的狀況，是在關西支社內的取締役會議，列席的芳報告了當地政府與大型財閥的業務，黑田雅造的堂兄已經是關西支社的常務取締役了，從積極的發言與穩定的客戶關係上，爭取專務取締役跟日後的代表以至社長，態勢幾乎明朗，果然是黑田家。芳從入社後即修剪著一頭幹練的短髮，各種樣式的短髮，但又充滿女性的魅力，搭配各樣框色材質的眼鏡，成了她清楚形象的形象代表，與國內各個著名的國際級服裝設計師現代藝術家交流，芳總是穿著版型不一的，但一定是白色的簡練襯衫，各種品牌針織的黑白深淺千鳥紋外套，後輩都在私下稱呼她六丁目白雪公主，芳知道，這也是她刻意營造出來的外在形象，好讓她能在名流間被記住被討論，然後被使用，用距離來維持尊敬與方便控制，好讓那麼多龐大的名門差遣，其實經營高層都知道芳的背景，只是作為公關的招牌，芳是一方編織細密的旗幟，替總社立威，劃定勢力與本陣所在的象徵而已。

也因此支社的黑田常務對芳有一種淡然的敵意，清楚犀利，彷彿宣告著這裡是關西，請保持恰當的距離。這裡是我黑田家的關西。

距離，一直是商社內最好的武器，分辨你我，辨認親敵，刻意保持的距離不可打破，是所有高層派閥彼此的默契，一旦準備要打破，就要有一方存亡的決心，因為接下來的就是不能阻止的派系爭鬥商社內利益征伐，既無血也無聲，卻決然而淒厲。

決定打破距離的當然是芳，因為兵庫縣知事的親弟弟，也是社內現任的常務取締役，在下任關西支社社長的爭鬥中處於下風，雖說常務直取支社社長向無前例，但依照黑田家在關西與各樣商社千絲萬縷的供應關係，不但掌握著工業廠房器材原料與運輸兩大利器，而政治名流間，捐贈了「重寶國剛」讓黑田家聞名全國，一手鞏固鋼鐵原料鐵砂煤礦乃至鑄鐵業家族事業的鐵之雅造商業聲望更是如日中天，社內常說，「出了靜岡就看不見富士山，只能遠望六甲山，等候山上吹下的狂嵐。」因為決定經濟脈動的派系勢力，從伊藤忠住友商社獨霸關西就可見一斑，對於廣告代理商的影響更是深遠之至，社內最大的勢力是著名的皇家債務人三菱集團，掌

握金融脈動的三菱雖然有資本，但作為啟動民生的商社更是重要的客戶及授信來源，因此作為關西支社的社長，在大阪京都神戶四國九州各地的影響力是首要考量。

如果沒有變動，這社長是黑田家的囊中物了。

以芳與黑田的舊關係，芳其實只要順勢而為即可，然而，芳卻有更深遠的計畫，她知道黑田的堂弟正在東京擔任執行役員，而原為東北大學校友會會長的堂弟更有機會擔任東北支社的社長，進而掌握東北的港口跟工業分佈產業脈動，是黑田家的重要計畫，兵庫縣知事背後的民生產業勢力對她來說也是極大的籌碼。

此刻，終於到了要跟黑田開口的時刻。

芳卻遲疑了，原本的情感是如此單純，見面時候的笑意沒有參雜任何的龐雜意圖，黑田雅造比芳年長十幾歲，從小就認識的兄長情誼，真的要參雜這樣的龐大利益變動嗎？芳沒辦法立刻下決定，這是她十年多來，第一次因為工作上的決策難以入睡，無法下決策對芳來說是一件非常煩躁的事情，這樣反覆側身，港外朝陽已經穿窗而入，沒有辦法看著神戶港的夜色，芳沒辦法再繼續想像黑田雅造的眼睛，還有眼神裡，他似乎要表達的感情。

芳向來不是喜歡幻想的人，務實與積極的手段是她爭得一席之地的重要能力，這種多餘的情感反覆她並不喜歡，也不願意自己陷入這種感情裡面，她確認行程後知道今天並沒有重要的行程，跟自己的隨行屬下留言之後，她駕車往四國開，她想確認幾件文物藝術博物館工程進度，看看大海，給自己安靜獨處的空間跟冷靜下來思考的時間，拉長距離是好的決定。興建中的環球影城略具雛形，關西機場也幾乎完工確定，兵庫縣美術館跟文學館都是安藤大師的作品，大鳴門橋的進度也值得她決定前往，順便看一下海邊4X4，安藤大師的成名作，上面這些工程完工後的觀光宣傳，都是接下來芳重要的觀光宣傳工作。

關西支社配給總社外派員工的座車不是很新，因為很少有重要的人員或是主管願意自己駕車在瀨戶內海行駛那麼長程的距離，但是芳在歐洲英國外派研習的經驗讓她養成這種長距離駕車勘查的習慣，除了沒辦法跨海到淡路島，因為明石大橋也還沒有完工，而渡船令她沒辦法掌握時間，其他她想去的地方，都可以開車就到。但是意外總是在意外的時候到來，才剛到神戶垂水，車子就拋錨了，打電話回到會社，卻沒有人接聽，打回飯店，著急的下屬準備派車前來接他，但是芳在這遇到了意想不到卻不怎麼意外的人。

黑田雅造。

黑田問芳為何一個人單獨前來，有點不知所措的芳說明了因為宣傳工作勘查的意圖，雅造大聲的笑了，像是年輕來到他家時那樣的晴朗明亮的笑容，芳也好像回到了那個時候，雅造請自己的司機聯絡飯店跟會社來把車移回大阪的飯店，自己駕車載著芳回市區的路上，自在的說著一些有趣的往事跟近年的經歷後，黑田單刀直入了問了芳，是否想要替縣知事的弟弟爭取社長的位置。

芳點了點頭。瞬間，空間跟時間抽離往事跟談笑，極速變換成真實世界，夜色深沉的港灣燈火迷濛閃爍，倏忽來到眼前。

我能幫妳。黑田雅造轉頭看著芳，跟她說了這句話。並且握住了芳的手。芳看向黑田，了解了許多過去他很想知道的事情，以及未來會發生的事情。

一早芳起床，看見窗戶外突然下起大雪，這是難得的雪，大阪很少下這樣的雪，妳能遇到真是幸運。黑田雅造這樣跟芳說著。

這種雪在東北很多，雪可以遮掩事物，把很多醜陋不整齊的事物整理成美好的雪白，單純雅緻，芳很喜歡雪，她喜歡雪的顏色，還有那種冰涼的香氣，每次她遭遇了什麼變動，她都會希望心底下起這種雪。

這種只屬於她自己的，芳的白雪。

過了許多年，芳早已離開東京回到東北，地震後一年，站在古川先生與香港阿姨的事故地點，她遠遠望著那些雪鋪蓋的創傷的地面，也許空氣中的輻射跟氣味其實有毒，但對東北的她來說，都還是那樣的芬芳。

四・新橋浪人古川一春與打工仔龔寶慧

古川先生本名叫做古川夫，考進公司之後自己去改名叫做古川一春，他原本是在一家有名的卡通公司畫動畫分鏡，有時候一個晚上要加班到天亮，畫上五六十張動畫分鏡，身體完全吃不消了，薪水又低工時又長，雖然很多次投稿漫畫比賽但老是沒有下文，約了編輯見面一直被說沒有漫畫沒有故事性，要他找會寫故事的人合作，不過因為影像製作公司常邀請他去製作廣告公司委託拍攝腳本的提案分鏡繪稿，畫多了就跟社內的很多創意指導熟識，剛好廣告公司準備招考創意部藝術部的新人，古川先生半推半就跟著去考試，就讓他考上了，古川先生先生除了畫技外，書法跟水彩油畫都很厲害，大學美術系沒念完，因為家裡實在太窮了，會社招考的時候要交畢業證書，古川先生選了相似的紙，用鉛筆跟色筆還有油彩，畫了一張畢業證書，主考官捧著那個畢業證書好久好久，破格錄取了他，那張畢業證書一直掛在辦公室的牆上，一直到他過世，古川太太才把那張證書取下來，跟古川先生的衣服一起火化。

古川先生跟香港阿姨的遺體到現在都還沒找到，他們一直是失蹤人口，每次想起古川先生我都會哭得唏哩嘩啦的，因為我知道他是一個很爛很爛的主管跟誇張到不行的社長，可是他真的是一個才華洋溢的好人，真實的好人。

香港阿姨也是，有一度，應該是說我從日本回台灣的十年的時間內，我都覺得香港阿姨跟古川先生只是利用我野心的會社主管，一直到黑田跟我說了他們所有的事情，我才明白，古川先生還有香港阿姨跟我一樣，我們都是小小不起眼的平凡人，我們的存在說好聽是為了成就好的商業創作作品，說穿了，其實我們一點都不重要，因為像我們這樣的人，到處都是，你在新橋、銀座、虎之門、西新橋、汐留隨便大喊一聲，都會有很多人舉手說他們是做廣告的。

這裡是全世界最大的廣告公司，是全世界最頂尖的創意戰場。相伴的，就有著全世界最多的創意人才，卻也是全世界最殘酷的勝敗地獄，古川先生就是這樣從地獄爬上來的人，他說他是新橋最有錢的乞丐，要等這些貴族施捨案子跟錢給他，然後他才能夠去買他喜歡的東西，還有他喜歡的食物跟酒。

我印象中的古川先生是個很專情的人，這樣說滿怪的，但是實際上，雖然古川太太很美，不過我覺得他們根本不像是夫妻，我覺得古川先生比較像是古川太太的隨從或是跟班

或是部下，我覺得古川先生很專情，是他跟社內其他的大人不一樣，他不會去銀座或是新橋喝花酒，也不會對演藝人員或是模特兒騷擾，也不會對社內的女性社員做一些莫名其妙的指使動作，或是藉機騷擾或是言語的行為，他就只是默默的等下班，等開會，等指示，笑鬧，喝酒，應酬，接一些莫名其妙的緊急任務，然後天天跟香港阿姨黏在一起。不管去那邊，我都會看到他們。

第一次見到古川先生跟香港阿姨是在台灣參加一個酒商的亞洲區大比稿，說是大比稿也很有趣，五家參加的公司都是同一個集團的，超級莫名其妙，古川先生跟香港阿姨是來當裁判跟把第一名的作品帶去東京的人，我實在不懂有錢人的想法，當時我這家公司是五家公司裡面排名第三大的，第一是跟台灣最早本土合資的廣告公司，他們比稿團隊有將近九個人，也是頂著集團正統的名稱的，第二是雖然是集團大股東但是還是保持的原名的，開在北投，也是派了十個人參加，第三就是我們公司，這是一家有日本集團百分之九十股份持股的公

司，名字也有集團，要算血統應該是最正統吧？但是我們這家是最可笑的，參加者只有兩名，就是我跟另外一個ART。第四是集團跟法國人合開的，也有著集團的名字，陣仗十七人最多，聽說他們沒有這個酒商客戶公司就要縮編。第五家最莫名其妙最好笑，參加者就是古川先生自己，還有翻譯香港阿姨。然後他們的名字是亞洲。

亞洲耶。但是只有兩個人，一個日本人，一個香港人，好標準的日本人亞洲思考，除了日本外，日本只願意提起香港。當時連新加坡他們都不放在他們眼中。更何況是台灣。是的，那是二十年前了，日本對台灣並不友好。

我聽了實在覺得荒謬可笑。但是當時我的公司有個日本女生，是公司內部聘請的日本人。但是因為她是名古屋人，所以她就被規定不能參與這個案子。什麼東西啊，於是這個荒謬的比稿就開始了，我們這家公司所有的作業都跟第五家公司一起，我跟我的夥伴，要幫古川先生做他的提案，然後我們也做我們自己的提案，香港阿姨幫我們翻譯成日文給日本客戶看。

當時沒見過世面也沒見過四面佛的我，真的是無法想像這樣的安排到底是為什麼，難道這也是創意的一環嗎？不過人家說初生之犢不畏虎，我是出生之後餵老虎長大的，虎口餘生勉強活到現在。不管怎樣就是拚了。

過程涉及太多商業機密我在這也不多做描述，總之在三次比稿第一輪刷掉兩家，第二大跟第四大的輸了，我看那第四大家的業務創意哭成一團，第二大的有點瞧不起的離開了，第二輪就我們三家，結果第一大的輸給我跟古川先生。由我跟古川先生進入第三輪。想起來我就笑了，真的很有趣很鬧事的一個經驗，最後古川先生判定他輸給我，由我代表去提案這個亞洲最大的新品牌酒上市。

我們請了亞洲有名的影星當作代言人，為了這個代言人，我超興奮的，他是我從小就喜歡的一個大明星，我想了一個腳本，到現在我都忘不了，我的故事裡，這個代言人扮演這個新品牌的酒在日本酒廠中的一個工人，他在女兒出生那年種了一株櫻花樹，現在女兒十多歲了，歲數剛好跟這個酒的年分一樣，這個他釀造很久的新品牌也上市了，於是他在櫻花樹下，喝著這瓶酒，女兒下課回來，請他吃了一塊可樂餅。完。

因為可樂餅太幼稚被改成烤糰子外，古川先生非常喜歡這個腳本，親自繪製了分鏡，分鏡實在畫得太美，我當初應該把那裱板幹走留下來，我帶古川先生去協和工商旁邊的美術社買材料，帶他們去林口街吃鹹酥雞跟肉圓，還有吃施家魯肉飯，當然也吃了松山路金仙，還有開到深夜的松山路忠孝東路口加油站對面的乾麵跟豬肝連。

當然我們幾乎每天都去九番坑。但是台灣的日子很短才兩個多星期。半個多月後，古川先生帶著我們的提案回到東京，由於當時我實在太小咖，只是一個小小文案，連資深的頭銜都沒有，我也就淡忘這個日本人，開始了我比稿大勝利的日子。那將近一年的時光。我比了八場稿，我們副總因為我手氣好但他是說我有才華，我知道他在騙我啦，但創意人就是會相信業務這樣騙他，所以每次有比稿都找我，我不管加班到多晚，我都會把稿子做出來，我比到，他給別組做，我也都不會靠北，一年後，我這組的客戶跟人都變超多，我也變成公司最年輕的總監，雖然也只是副的，但是因為我這組沒有總監，當時我們公司很小也沒有執行創意總監，於是我就下轄十一人大軍，儼然成為一方之霸。

登愣。此時大事發生了。

古川先生與香港阿姨再度出現，說了很久的酒商廣告終於提案通過了，幹，也太久了吧，年分都多加一年了，古川先生說提案順利通過了，可以開始找導演跟製作公司拍了，我興奮到無法睡覺反正我本來也沒有在睡。終於可以去日本酒廠拍夢幻櫻花廣告，還是跟自己喜歡的明星一起去的，果然，沒睡覺的我，根本就是醒著在做夢。

號稱提案過的腳本全部要改掉，唯一沒變的是演員去飾演角色這沒問題，其他必須要有專業性，要有科技感，要有時尚的感覺，要有台灣的感覺，因為這是要在大中華區放的，額其實就是台灣。而且因為演員代言費非常高，除了金流在日本東京之外，所有的事情都要在台灣發生。

幹，好爛喔。不過因為這是大片也是大預算，我們想了一個腳本，就是讓他想像自己如果不是演員而是當一個建築師還是工程師人生會不會不同呢之類的腳本，幹反正我覺得那很爛。但是也算是過了，那兩三個星期古川先生都在台灣，每天我們都去吃飯喝酒。當時我就以為香港阿姨是古川先生的老婆。

但是大人的世界我果然不懂啊。到了東京我才知道香港阿姨竟然是小三。我個人對小三沒有偏見，不過相信專一愛情的我覺得很傻眼。直到我愛上了黑田。

我覺得之前的堅持都好可笑，相信什麼大商社什麼東京什麼仙台跟什麼京都大阪都很可笑，連相信古川先生跟香港阿姨也超級可笑。他們根本就是古川太太的屬下，派來使用我這渺小不重要的台灣人進行鬥爭而已。

但其實我仍然還是什麼都不懂。

直到黑田告訴我，古川先生一直默默的在保護我，因為他擁有古川太太完全的信賴，在每次可以拋下我不管的狀況下，都一直在爭取公司給我繼續工作的機會，只有古川先生是透過我的能力相信，跟黑田到了後期是為了感情，以及前期是古川太太為了鬥掉公司內部役員們阻止他們取得東北支社經營權的重用外，古川先生都是單純相信著我的。

黑田說，回東京講述腳本的古川先生，是多麼訝異有一個台灣的出生長大的小孩，能夠清楚明白的傳遞日本精神跟酒商品牌的結合，女兒長大的設定也對這樣飲酒目標客層有足夠的渲染影響力。實在是再好也不過的腳本，但是公司反對派的業務說這樣沒有台灣在地化的創意感染力，古川先生引用我的話跟他們吵架，因為我說這樣的品牌在台灣的賣點就是日本，誰跟你在地化啊。

直到今日我說的話果然應驗，古川先生並沒有白相信我，在地化的威士忌宜蘭有，可是絕對不是外來品牌需要採用的創意策略。這也是我跟古川先生學習而來的經驗。

黑田也告訴我，她的師父寶慧女士，對她都這樣說，因為他們在大地震過世了，所以她都會說寶慧女士，她說香港阿姨也不是那麼簡單的人。我記得黑田提起她都是恭恭敬敬地。

原本她在銀座的餐廳打工，晚上就在銀座的高級酒店當會計跟翻譯，雖然寶慧阿姨長得很美，但是因為寶慧阿姨受不了日本老人的噁心跟變態，所以她沒辦法在酒店上班，寶慧阿姨有個念大學的兒子在加拿大。因為古川太太的關係，寶慧阿姨用約聘的方式三個月一聘的一直留在本社，三個月一聘這個方法好熟悉，原來就是這樣我才能夠莫名其妙在日本那麼久。原來之前他們就研究過了。

不過，我是不知道為什麼香港人那麼喜歡把小孩送去加拿大，大概是因為倫敦太貴，重點是寶慧阿姨一直在東京打三份工，為的就是把小孩養大，超級偉大的！而古川先生跟太太的結合更厲害了，我聽黑田說完完全全超級大傻眼。應該是說，古川太太選擇古川先生實在才是真正的高手高手高高手。

黑田說，古川太太以前是她爸爸的女朋友。

但是因為不能公開，古川太太跟古川先生商量保有他的職務，替古川先生解決的他背著公司在外面偷接畫畫案子的糾紛，他們就低調的登記結婚，保護兩人各自想要保護的秘密。古川先生敬重古川太太，古川太太也改夫姓，對抗碎嘴僵硬的父權職場，這樣才能夠讓古川太太在東北仙台辛苦經營的文物館得以繼續被保護下去。

我果然不了解大人的世界，就算我變成接近當初他們的年紀了，我依然不像是個大人。我想起古川先生，寶慧阿姨。

還有。古川太太跟黑田爸爸。

古川太太竟然是黑田爸爸的地下女友。太酷了

我常說，我的生命是比電影還精彩，我不知道你覺得是不是，不管你怎麼想，總之我就認為是了。

最後古川先生跟香港阿姨一起失蹤在地震中。

不知道是新幹線還是海邊的某個中午的居酒屋。其實不管哪裡都好，他們最後是在一起的，彼此能互相照顧就好，古川太太這樣用視訊，微笑的對我說。

誓爾

一・刻愛

「為了你我用了半年的積蓄，飄洋過海的來看你。」

昨天恆春區漁會代表自行召開小型會議，有一個老先生，一個人在偌大的會議室中，用手機空空蕩蕩的放著這首歌，一進去我就聽到這段，於是我的思緒就回到那年冬天的雨日，連續好多天我都無法見到太陽，也無法見到她。

她手機關機，訊息不回，跟開著白色 BMW 的男人走之後就完全不接電話。我拚命的找她。找不到，後來房東來換了鎖，我搬了家，從此我就再也沒有見過她。

有一年我去中和興南夜市，我在人群之中一眼就認出她，她老得比時間還快，我常在想，原來人，如果能夠把情緒一直留在某段時光，似乎就可以比較慢老。

「啊啊誰人會當了解，做舞女的悲哀。」

我老了大概跟這個老人一樣，因為他選歌無差別收集法跟我一模一樣。很多人都跟我說哎呀你不要悲傷啊要放下過去啊要幹嘛幹嘛幹嘛。

我不聽，也不用跟我講。

那些悲傷都是我的寶物，我幹嘛放下它。因為那些悲傷我才懂得安慰，因為那些悲傷我才知道珍惜，因為那些悲傷，我才知道前進跟拒絕，其他的悲傷，所以我花了很多的力氣，不當舞女，說錯了，不回頭做自己覺得不妥的事，一旦發現不是我要的，我會立刻絕塵而去。

我當然會傷心難過，但是那沒什麼好說的。

跟我過去的傷心難過比起來這些都是灰塵。

我一生都在不停地對抗大家的共識跟標準，不停的在否定那些既存的價值觀，不停的都在挑戰不可能完成的事物的可能性。

也因此我今天站在這邊。昨天車保桿邊邊被一個機車騎士擦撞。車尾運動套件被接待中心幫我泊車的大哥撞到花園護欄，我的手機掉到地上，我氣到不行啊。

但是我超幸福的。

「大雨，就要開始不停的下，我的心我的心已經完全的沒有主張，帶我到沒有愛情的地方。」

會議開完之後老先生繼續放歌，他是清潔隊員，我想車城是個沒有愛情的地方，但是竟然還是有汽車旅館跟休息三小時五百元的生意，真奧妙。

這就是昨天我在開會的時候的心得。我想到了很多不在的她。

嘿，妳在嗎？

二十二歲那年冬天，十二月中，我記得快過聖誕節，我跟一個同校的女生約在小福，我們都很喜歡對方吧，當時的我猜。

每天，我丟水球跟她說我今天陪老闆去買菜，或是早上去洗菜桶，昨晚去送豬肉。她丟水球問我過怎麼都很少到學校來，我說我要打工啊，她點點頭，我說我不打工我就沒辦法繳房租過生活，她還是點點頭。我們隨便吃點東西聊到四點，我說我上班要遲到了，她問我在哪邊上班，我說了餐廳的名字，她一樣點點頭。

她是學姐。她是那種讀了超多書的人，我所有的外文知識都是她跟我說的，她修了很多中文系的課，其實我還是不知道她是什麼系的，她沒有主動說。我問過一次，她要我猜，我沒猜，後來就一直沒說了。我們一直用ＢＢＳ聯繫，那個滴嘟滴滴滴滴嘟的時代，我會使用這些都是她教我的。那時候我們對話的前面，總就是這些。

在？

在嗎？

在不在？

r u there？

那麼多年之後，我讀過一篇文章，裡面直指這樣的傳訊息方法非常爛，不過我一直覺得這種什麼禮儀之類的的，都沒提到的就是，訊息表達最重要的，是得與給的雙方，有沒有彼此掛念，是不是彼此重視，不然那些禮儀都是一殯或是二殯的招牌而已，等到用得到的時候人都死了。除非買生前契約。

我知道學姐念什麼系的時候，我已經去當兵了，她來金六結看我。帶著我最愛喝的飲料。我很感謝她，千里迢迢，雖然當時不熱是一月，但是還是在會客等候的地方掉眼淚。對我就眼淚一直掉這樣。

她問我怎麼不念畢業，錢真的很重要嗎？為什麼要一直去賺錢。

我說沒錢我就活不下去了，我會無家可歸，接著我說了我好羨慕她可以把書念完。

她說我不懂她的苦。幹我突然超不爽的，到底有什麼好苦的。一段關心著我的關係就被我關閉了。

我回想小時候，我每次羨慕別人的時候都會由衷的跟那些我羨慕的人說，我好羨慕你妳哦。她很疑惑，問我為什麼，大概就是這種突然覺得被扒光自尊的問句令我突然一句話都不想說，直到直到二〇〇八年才再度聯絡。而那之後我再也不說了。因為我不懂別人的痛苦是什麼。就像別人不懂我的。

二〇〇八她在紐約工作。我們用MSN聊了很多，都斷斷續續，聊離婚小孩日本工作她的前夫等等，MSN消失後，幾乎沒有聯繫，Whatsapp一直有她在通訊錄裡面，我有很多想跟她說的，但沒來得及多說什麼，二〇二〇年四月她走了。去年十二月，今年三月，四月。走了三個人。我的阿嬤。大姑姑，還有她。

提醒我生死，卻令我疑惑。

也不懂那些眼淚從何而來。也懂那些眼淚總能洗淨我自己。每一次哭的時候，不見得都知道為什麼哭。

我剛剛是哭著醒來的。

對我來說，有人可以思念的傷心是一種很溫暖的時候，好似喝了魔藥那樣的，我被這些深深的傷心安慰著，沒有人擁抱我的時候，我的傷心會愛我，我的傷心是上帝的嘆息。

那些失望，背叛，衰敗，萎縮，危難，欺瞞，墜落，千夫所指，不被理解，在任何街口的孤單，都讓我珍惜。

因此我仍不願離去。

縱然我每每精疲力盡，滿身瘡痍的看著鏡中的自己，那些從臉上滑落的水珠，每一粒都有著微笑的自己，圓圓的，嘴角就上揚了。

我並不為我自己活著。

年紀越大就越理解保羅彼得耶利米，總想著約拿約伯撒母耳提摩太多馬都是我，每當我見到那些做著我完全不解的惡事的人，我幾乎看見了耶穌憐憫猶大的眼神。感謝主，賜給我這些。謝謝耶穌。Amen。我安靜的在內心喊著。

如同那年在台二十六線的海邊。

神的聲音告訴我。我愛你。

我相信，所以我仍然活著。我知道保羅說無論生或是死，都是主的人。並不是誇口。

我衷心感謝那些願意相信與愛我的人。我每天在心中念著你們的名字。

並且謝謝你們給我活著的藉口。謝謝你們。你們每個人都是值得的人，值得愛。

其實，我是一個情感用得很深很足的人。

小時候的我，不太懂得控制，我時常在情感上傷害到別人，現在沒有好到哪裡去。但我有進步。

我愛的表達方式比較直接，粗魯，莽撞，而當沒有包裝的直接粗魯莽被我這樣感受和表達都似乎比別人大上幾倍的人來使用的時候，任何情感都會顯得殘忍。

我在傷心的時候，我會很認真地寫下我為什麼要傷心，這點是因為我珍惜任何發生過的情感跟點滴。

我說過，每個人都是值得的。

當我願意的時候，我什麼都可以給你，我對在我身邊周遭每個來去，離開的未離開的一起工作的相愛的相厭惡的彼此憎惡的，我都把我的情感，飽飽足足的用在你們的身上。

之前在流行寫說如果我怎樣的時候，我就想過給予這個觀念在我身上似乎是不適用。

大家不要誤會我是很大方的人，準確的來說，我是一個覺得不需要珍惜的人，而且對於我自己的東西，如果我不想給，我是連讓你看幾眼我都不願意的，但是我也不小氣，因為我對資源的觀念比較不同，這很像是我把愛分類了，這種愛的概念很抽象，不是我想傳福音，不過我的愛，比較像是基督耶穌愛世人那樣的愛，因為祂的愛大家不一定想要，可是他的愛真的很真很大，很珍貴，珍貴到你根本無法計量，但是他的愛卻無窮無盡，在供給法則上，無窮無盡的愛，是不夠珍貴的。

我學習愛的對象，其實是耶穌，我發現祂的愛在世界上其實沒有價值。

耶穌愛得很苦，祂和窮人平民站在一起，君王貴族卻覺得耶穌不愛他們。

我當然不是耶穌，我只是因為自己的想法而對這件事情有所感受。

如果我跟某某一樣有錢，我會把我家一品大廈都更分到的坪數分給那些分回找補不足的人，我就再拿一些錢出來買一戶給我自己住就好了，大不了把元大柏悅賣掉，當我寫到這邊我就知道，我了解有錢人為什麼會是有錢人，而我不是了。

因為我沒有錢。但其實錢買不到愛，也換不到愛。

如果是我的老朋友或是老臉友就會知道這個故事。

有一天，一個很照顧我的董事長他對我說，俊雄，你如果有五億你會怎樣，我想董事長一定是很想要理解我這樣的年輕人創業的心情，我有好多的想法，早就準備好了，當我正打算要開始說的時候。

他就說，你不用想了，你沒有五億啦，認真工作比較要緊。

從那個時候開始，我就非常討厭這樣命題的各種論述，如果怎樣麼就會怎麼樣。我厭惡極了。

回到有錢人為什麼會有錢。因為那跟我要談的愛有關。我覺得錢跟愛的關係。大概就是會計上的進項跟出項，抑或是，資產或是負債。

因為他們會限制自己給予的量跟收進的量，永遠，他們把給予的縮得比收進的，多上很多，然後他們就會越來越有錢。

當我們把錢換成愛，卻不是這樣了。

我們把給予的愛跟收進的愛管理一下，你會發現，有時候你的愛，跟錢一樣，給出去的多，收回來少。

所以你很願意愛人，可是在愛情上你的愛是不珍貴的。

有時候你發現你給出去的少，收進來的多，在愛情上，你的愛卻珍貴無匹。

多年來我真的覺得似乎就是這樣。而每次真的都是愛得多的人比較窮。

我並不是要討拍，可是我知道傷心時候的我，似乎可以感動到很多人，後來我就很謹慎不再隨意發表這樣的文章，備受安慰疼惜並不是我的本意，我沒有憂鬱症，也不是駱以軍，各位臉友是我傳遞重要訊息的對象和朋友。並不需要以任何言語或文字圖片餵養我的哀傷，一來我無意，二來若不恰當我會辜負諸君。

從錢講到愛有點俗氣。但是我認為沒有錢的愛真的有點苦。

但是其實他們非常相似，錢是抽象財富的具體度量衡，在現在社會很多時候他只是數字而已，不是那些紙張或是金屬。

愛是抽象情感的具體象詞，幾乎所有的事情都可以當它的外觀，可是，它變得難以計算跟估計。

現代人，把度量衡跟具象詞弄得很複雜啊。

我自己嘗過，所以別怪我勢利眼，我相信我很窮還是會有很多人愛我，但是我幹嘛要很窮?所以我就很努力賺錢，想把我的錢給我愛的人們用。

可是有錢的人不一定可以愛得很好，有愛的人卻仍然不一定有錢，我們剛剛研究過了，有錢的人有可能是爸爸給他的，那有愛的人為什麼會有愛呢？

我在想那些無窮無盡可以去愛人的愛是怎麼來的？我不知道，我常常覺得我的愛沒了，可是我好像還是可以愛人，我想應該是因為耶穌。答案似乎是出來了。因為耶穌的愛也是他爸爸給他的。

因為我是跳著寫的，所以我們一起回到剛剛那個耶穌的主題。如果有人在看這篇文章的話。

我想我的愛是跟阿嬤還有耶穌學的。

不過因為我無法控制給予跟收取的量，沒有辦法控制得很好，也就請那些被我愛的人原諒我，我剛剛說過，記得我的表達方式比較直接，粗魯，莽撞，而當沒有包裝的直接粗魯莽被我這樣感受和表達都似乎比別人大上幾倍的人來使用的時候，任何情感都會顯得殘忍。

殘忍。

我是一個愛人跟不愛的時候都很殘忍的人。

也因此，我不大方，不有錢，很殘忍，又囉唆冗長，我一直在想我自己是不是那加利利海邊的漁夫，還是那個憂憂愁愁的走了的稅吏。抑或是那個什麼都不知道的兵長。刃頭依然留在耶穌身上。

我不知道。

但是謝謝每個愛，不管我得到什麼，你們都是值得愛的人。

二・汝我

汝我之愛，無以名狀

那種奇妙的感覺在我們身上越發濃烈。那個奇特時刻的，一個不請自來的，吻，比那些安排了千百次的相遇跟談話來得有說服力。自從我記得妳的臉開始，不知道為什麼，我眼角總是徘徊著妳的臉龐，但是那個午後做著的夜晚十點妳在路邊站立的夢，既真實又完整。

於是我在東京設計週的傍晚，見到了那天空，我瞬間將它填入了妳的名字。也許冒昧了些，但那是我心上屬於妳的第一個痕跡。我不知道自己愛著是誰的時候心裡已經有她是莫名其妙的。

我相信那些徵兆，訊息，眼光，氣味，還有鼻尖與鼻尖的摩擦。我一次又一次的書寫又刪去，書寫又刪去，我想知道愛意是怎麼埋伏在我們之間的。天啊妳知道我們是多麼的好奇。在經歷了很多我們以為已經夠多了的愛以後，以為那些類型跟次數也算歷經滄桑以後，卻發現一片截然不同的天地。

於汝。

於我。

那種細微而窸窸窣窣的磨蹭不會勝過千言萬語，但是他們會幫助言語變成落在腦中的花瓣那樣更加美麗。

我問了妳的名字，因為我會需要在某種時刻念一次，然後在紙上書寫一次或是很多次。

時間又規矩又錯置在不同的空間裡。我們都在對方描繪的言語中遊蕩在那些曾經喜怒哀愁歡愉的時刻。

在那個有著淺淺京都風景的花園的吻之後。我們都各自留了一段靈魂在對方身上了。魂牽夢縈的意味。我總是在敗退中不放棄，聲響提醒著我。稍等一會再愛她。

可是我等不及了。這些都只是短短的幾個小時的間隔而已。可是我想妳卻好像經過了好幾個宇宙那麼久。

我還寫一首歌。

擦身而過

我們都過不了自己的眼下的魂
我們都放不下自己的心中的痕

靈魂比指尖的約定還深
擁抱比默契的節奏還神

你來了
我在了

我跟了
你轉身

你還在
我擁抱

在那些靜悄悄沒有訊息的等待裡
愛的神留給我的懷抱的都是歉意

是不是不要那麼早愛妳
是不是不該太快告訴妳

不可以
不可以

不是我
不是妳

擁抱繾捲交纏都不可以

不是我
不是妳

不可以不是妳抱著我不可以不是我抱著妳
下雨了起風了有太陽看月亮全部都不可以

我們可以擦身
但是不能錯過

可以擦身
不能錯過

不可以擦身而過
一定要是妳是我

寫完歌的那天晚上已經天亮了，同事們在便服酒店裡面見識人生的先心，我在那個場合裡寫完這首歌，在那些悄聲無息的等待裡，有妳在等我嗎，我就自以為的相信妳有了。好像經歷了千山萬水那樣的久。我在一種很陌生又很熟悉的夢裡面醒著又像睡去。

醒來我見到妳的訊息說要去喝喜酒。我想去接妳卻不敢說，但是我實在是一個很怕卻很敢的人，我還是硬著頭皮問了。我想妳的紅鞋是穿給我看的，其實妳上車就換掉了，我在想妳要去哪看醫生。然後我送妳去看醫生。

我看著妳，我知道妳很難過。妳全部的感覺都在告訴妳妳要我。可是妳和我都知道會不會太急。但相愛真的是本能。

我們都無能為力抗拒。

當然我們習慣在事後找尋各種證據否認這種超越經驗的激情。但是我們都失敗了，天啊不是激情那就更難。

因為我們兩個冷靜得不得了。捨不得對方聊到天亮算是一種天荒地老。

好像兩個高中生那樣的保護試探著難得的感情一樣。送妳回家，送妳去哪去哪，是我最喜歡的事情。這還是那天以前。

汝我之愛，逕自湍湍

吻了以後河流就穿過了山脈，轟轟烈烈沛沛然然的淹沒了我跟妳。

也許是知道珍惜了吧，我們都丟棄了遲疑，從夜闇窗前的擁抱開始，遠處的摩天輪在妳我的血液中轉動，那是一種騷騷然的流淌，從唇間穿過我們的雙頰，好輕輕劃過妳的耳廓，穿過妳的臂膀，再從妳的指尖如絲散發，勾勒了我在你心裡的臉龐，於是我們的舌變成了濕潤草叢裡的梭行者，探索陰黯迷人的氣味，是芳香的草腥那樣，輕輕的刺探著兩個人的鼻翼，粉粉的，細細的瀰漫在空氣裡。

山坳裡，溝壑裡，丘陵間，樹蔭裡，妳的齒是我的岩石，我的舌需要用它刮搔赤裸的身體，我像是在叢林中的獸，一開始輕輕的踩踏的行走，緩緩的，慢慢的，伸出舌來探索，用鼻子收集氣味，在未知的境地裡，布下游移的痕跡，妳的身體成為我的山徑，我反覆的來去，像是朝山的人，那些愛都是一種敬意，天啊是妳。我這樣說著。呢喃著。而妳像是山風刷過林間那樣沙沙的回應著，有著鷹鳴，也有低沉的鼻音，軟軟的尖尖的高高的交纏在一起，好像歌曲。我無法管制自己。妳知道我有，阻止我自己那麼快的進入山裡，那化成山的妳。妳的髮絲好像雲霧纏密，捲著我跟你，燥熱的溫暖的濕潤的意念一直不停不停的盤據盤據。

於是就下了一場好美的雨，在我的指尖和舌下，那場雨是妳。

我跑進雨裡，赤裸著，好像孩童那樣的反覆來回著，衝進去雨中又衝出來的那樣，興奮得不能自已，我不停的啊不停的來去，穿過那濕潤又溫暖的雨，包著我，好緊好緊，又好軟好軟，我一下劃進了深深的底，又一下探出頭來呼吸，妳的聲音卻變成閃閃的星，照得我不知所措卻又挺起身驅前進，我們的身體都泛起了亮光，梅杜莎的蛇藏在妳的深處，正眼看著深處的我，當然僵硬非常，啊，我不行，我把我自己掉在妳的身體裡，我已經沒有我自己。

我想起過去在森林裡面拍片的經驗，為了怕驚動那好美的山林和尊敬的群獸，我總會默默的帶著滿滿的愛意消去我來過的痕跡，但是其實無法，因為這座山裡已經有我的味道了。我記得，林和山丘會記住我的身體。

分開以後其實不是誰離去，而是結合在一起的事物被分開了那樣。

也許是只能來一次這裡吧，那天晚上我沉靜的告訴自己。等待寂靜而漫長。我睡去又驚醒，驚醒又睡去。

我問妳可不可以送妳。

妳問我是不是真的想，我說真的，在心裡面一直拜託上帝讓妳說可以。後來妳說可以。我想我應該可以有機會看見，掉在妳身上的我自己，掉在妳身上，我可以。

汝我之愛，如光梭織

我們幾乎是光，像是穿過塵埃相見，待至落定，我們已經相擁而笑著纏綿。

只是瞬間而已，瞬間的描述如下。

陽光穿過每種動作揚起的灰塵，在新與舊之間，靈魂很適合透過那些霧和霧之間的極微

細的路徑對望，因為穿透的都不是粗糙和莽撞。一切都必須細膩靈巧。像是絲線般的光一樣。能穿過黏滯的過去，濃稠的哀傷，和硬僵的肢體。

有人說上帝的愛就像是日光。

人的愛像是什麼樣的光呢？我不停在想。我想起那日東京霧來的天邊，那種光。圍出纏綿的型狀。

我們卻又那麼黑暗不像光一樣。

我們愛不下去了。

但又一直愛著。

在光裡我是暗的，於是我失喪了書寫的能力，那麼我曾經自豪而簡單易取的敲擊。我只剩下輪廓，只剩下陰影。

冬日總是摩羯的場域。其實也根本只是我自己，我

能夠擴大的認同好像只有此星，也因此生日時我想到這裡，跟你們說聲對不起，這不是星座文這是我的生日文。而且是懺悔文。

在世上討厭跟喜歡那麼單純的界線，都落在這個星宿裡。所以我寫給自己，跟認同我的羯羯們。總是得加入一個團體，最低限的門檻好像是摩羯。

最後分離那年，對我是個剝極之年。

郭靖學降龍十八掌的時候，洪七公教他這招時，他跟黃蓉剛分手。覺得復合無望。

損則有孚。第十六掌。

我想跟你說的我們最少但最重視卻又最無能的那塊，如果可以，不，沒有如果，可以請你好好愛他，不是你那爬梳整理規律安全進取無可取代的完美專案式的自以為是的愛。

於是郭靖孤單的離開桃花島。離開黃蓉。孤單的到了沙漠。他自己以為自己很孤單。

並不知道他其實有人愛著。整個冬天的大漠飄著灰白的雪。雪裡有片黃色的絲緞。郭靖沒有發現。

我一直不喜歡黃蓉跟郭靖。但他們，或許才是江湖裡真正偕老的人。

三・愛的教習

愛的教習，一開始都是苦的。

有個我愛的人，從來沒問過我喝什麼咖啡，我身邊的每個人都知道，但是她從來沒問過。

她那麼美麗的人和人生，其實也是真的不需要再繼續包容我這種醜惡的人。看著她難過跟不悅的樣子，我有說不出的羞恥和逃躲的心情。

「生而為人，我很抱歉。」

太宰治的道歉充滿落魄公子的櫻花絕美詞瓣。

而我只是單純覺得自己礙事而已。

只是這樣而已。

檢視我的人夠多了夠多了這樣就好了。也許你們永遠也不會看到這些文字，我只是想要寫給我心中那個無緣的她。

我是一個很膽小怕事的人。我每次愛人都用力而單純。我真的只是普通到簡陋的人，如果你知道我睡覺的地方，我每天需要的只是那杯咖啡，或再一杯咖啡，或是又一杯咖啡。

六個 Shots。

我很認真提供自己能提供的一切，卻在每次都敗下陣來。不論我練了多強的裝備跟等級或是買了多少的魔法石，卻始終不夠啊。

我只能苦笑。

對著那些愛我的和不愛我的人，我愛的和我不愛的，靦腆而寂寞的笑著。但是我的面前什麼都沒有。通常是電腦螢幕，紅磚道，樹蔭，斑馬線，這兩年多了些不一樣的景象。

我時常在奔跑的時候想起愛我的人們笑著對我說過的話和這些話一起出現的笑臉。特別是你的。

我僅能驅動駛駕的只是79個黑色的小方盤。而在剛好少去的8，被留在千年前江邊的陣圖裡。

我總是會想到距離。

因為我總是在距離上求生存，我把在東京的規律美帶去新加坡，把我在巴黎見到絕美的溫柔傲慢放進高雄的土裡溶化他。讓倫敦的石板道路鋪上天母公園坡道附近的那一個又一個的轉角。其實我不是在寫文案，我只是真的這樣生活過而已。

生活中的很多事情都是距離，文字可以拉近，也可以拉遠，在沒有攝影器材以前，文字就是我的鏡頭。我的眼睛就是我的底片。我會把這一切拍起來，而且永遠忘不了。

沒有器材跟設備的我，只能打字。有了錢買設備了之後的我，也還是只愛寫字，有關錢的事情向來跟愛不適合一起討論。

算了。就是多餘的或是不夠的都不要了。我對那些完整和完美以及我想要追求的美好來說，我是。多餘的。

對於那些我給不滿的，我是，不夠的。所以算了。

這幾個月以來，星期日早上我都會想起耶穌。我想到的是千年前耶穌在那裡，然後我們現在在這裡。然後只剩下我在這裡。

耶穌很愛人，但是最後被釘在十字架上。最後只剩下他在那裡。

是一種愛的預表。我想就是。

我可能沒辦法撰述有關愛與耶穌在神學上預表的關係，也不想問學者或是牧師，當我這是跟神之間隱而不宣的交通吧。有關愛。

每週有七天，每天有六個笑，但是都是苦的，第七天，我想休息。以後都是第七天了。

第七天就是要休息，神休息的時候，人就來講愛的故事。

愛從神開始，教習從人發端。

故事一

這是我朋友告訴我的故事。是真的故事。只要你說他真的，就會有人懷疑某一方造假的那樣的真實故事。

我朋友是那個男人。

男人顯得非常失態了，在街上超商到處追著女人大吼大叫，看起來簡直蠢斃了蠢極了，那個女人很委屈安靜的一直被罵，看得出來那個男人是個脾氣大的傢伙。男人氣沖沖地走了，女人與朋友哀怨的回到樓上的包廂，到另外一個包廂找朋友。女人有很多朋友，他們都很體貼很可愛，不像這個會罵人髒話的男人。更不會對這個女人怒目相向大小聲。這些男生朋友們總是面帶微笑風度翩翩，解釋著紅酒的來歷，指點著最新的流行，而且不會罵髒話。而且大家都只是朋友，無須負責，沒有負擔。

當然，也不會有什麼承諾之類的鬼東西。

總之，因為這個可怕的男人，女人開始想起那些過去不好的記憶，都在這個吼叫的莫名的生氣男人身上出現了。女人說，男人用非常凶惡的眼神瞪著她，用極粗俗的三字經怒罵她。

我認識那個男人。同時也覺得這個女人很可憐很無辜。

我一定會說，女人怎麼會跟這種男人在一起，男人跟我說他們沒有在一起。因為女人說不可以公開要低調。我笑了。要我我也會這樣講。

我想知道男人為什麼要這生氣。這樣的沒風度，不太像我認識的他。我記得他可以周旋眾女之間也游刃有餘，沒道理顯得蠢笨愚拙如那村夫所為。

還沒說話男人就哭了。我跟他說慢點慢點，你哭什麼啊。天啊。有什麼好哭的。男人沒說為什麼。他只告訴我，他生氣的點他自己也不太清楚，但是他知道，他是為了這個女人而失態的。他搞砸了。男人對我說。

我跟男人說，男人的自由跟女人的自由，就跟張震嶽的〈自由〉跟李心潔的〈自由〉不一樣。張震嶽的〈自由〉通常在〈愛的初體驗〉之後。李心潔的〈自由〉則因為女人的愛像大海。男人看著我。我說你不懂就去看歌詞吧。

這世界上的男人都是壞人，女人都是好人。

女人可以有交往很多男生的自由，因為他們只是朋友，好朋友。男人要是跟女生當好朋友，就會被說成不想負責任，不願意公開關係，心中有鬼等等之類的批評。

男人終於開始抱怨了，男人說他只能給她空間。我跟男人說，這才是你生氣的原因吧，男人沒說話。我又跟男人說，不要想要當個有度量的好男人，這是你的錯誤認知，你怎麼可能對一個你很重視的人，用一種很大方的態度對待，別騙人了，要是不行，就別逼自己吧。人的憤怒其來有自。只是你自己不知道而已。放手，你也會比較自在跟寬心。

不要折磨人也折磨自己。人家要聽李心潔的〈自由〉。

你就去享受張震嶽的〈自由〉吧。

你應該慶幸認識到一個緊迫盯人為你而生的女人。
也不要隨便相信一個要給你很多自由空間的女人。

她緊迫盯人就要花掉她自己的時間跟空間。
她放你自由自己才能更自由。

我這樣跟男人說。沒有什麼值不值得，更好不更好。

這世界上的壞男人都是好女人寵出來的。
這世界上的好男人都是壞女人幻想出來的。

所以我說男人是幻想世界的怪獸，當然有召喚獸。有很多怪獸都是很聽話的。聽話的怪獸不一定比不聽話的怪獸弱。真的。特別是越想要當個好男人的男人，他就會被形容得越壞，明明是個壞男人的男人，女人都會帶著同情憐憫理解來形容他，眼睛還會變得水汪汪的。是

不是，我問男人。女人很難懂，能不碰就不要碰。碰了就不要抱怨，傷心了就大哭一場。

因為你是男人。像個男人。你可以變壞啊，這樣女人就會眼睛變得水汪汪了。我這樣安慰男人。自己的心裡也好受一些。

沒有在一起，就不需要說再見。（這句話好渣。）

身體二

說到這個哭泣，最適合哭泣的時刻其實是跑步的時候，以前體育課跑步都會想哭，後來跑馬拉松就真的哭了。其實愛也是這樣。

愛是一種體育運動。

看到體育，想到身體，那些心中有邪念的人一定在胡思亂想。

但是不好意思讓大家失望了，還在當學生的時候，那個午休過後的第一堂課我通常還是昏昏欲睡。畢竟剛吃飽而且剛睡醒。而且我要提醒一下，在我還沒有來的時候各位同學可以先自習，例如跟旁邊的人聊天或是加入VIP什麼的。

我想大家等得昏昏欲睡，那這堂來上一下體育課好了。

這堂課的紙上助教，請到真有其人的某專業背景有證照不值錢嘴砲很值錢的強力傲嬌女性，擔任我的範例，如果第一堂課提到的大鑽戒女是我成功的case。

很抱歉這個各方面條件極佳的傲嬌女。完全就是個我徹底失敗的記事。

首先她非常喜歡靠腰（來練瑜珈），也就是有病無病她都呻吟得很強烈類似Sharapova，這堂被稱為體

育課的原因也是因為她熱愛運動員，並非運動（她也會常常去運動，但熱衷的程度跟她熱愛運動相差完全不可以道里計），我沒說錯！是運動員！

請注意，她條件很好，所以她呻吟的時候很多人都會去她旁邊錄音，然後想辦法討好她，但是薑是老的辣，妹卻是辣得分不出老少，所以通常，想要拍她馬屁或安慰她的，都會被她列入靠腰（來練瑜珈）的素材。她靠腰（來練瑜珈）的對象當然是很多人，我只是其中之一。

我時常覺得不耐煩，但不耐煩的對象不是她的話語，而是人們對於我的第一堂課所提到的傷心，幾乎陌生到不行。這樣怎麼愛人啊，是不是？是不是？

對於真實傷心狀態的不行，可歸類為三不知。

不知足，不知所措，不知所以然。

應該面對傷心，而不是虛偽的掩飾它，瘋狂的放大它，或是害羞的收起它。傷心和性非常的接近，你可以熱愛，但是不能放縱，可以珍惜，但卻不可長久攜帶，你可以和陌生人傾吐，但請記得保護自己。你可以珍惜某段不願抹去的，但卻不能將之帶入下一段感情。

我說的話字字珠璣。有筆的就快點記下來。

如果在這件事情上妳處理的過程不太妙，而妳的條件很好，妳就會變成一個熱愛到處鬼叫的人。類似Sharapova，而男生的話基本上我不太會舉例，因為這樣的男生會被我封鎖。

這堂課也是最後可以加退選的時刻。

如果你和妳的條件很好，別問我條件的定義，你們應該很清楚。多注意一下身邊的人，拓展一下新的人際關係，把之前的傷心處理好。

以便迎接新的傷心。

立志三

沒錯。

我沒說錯，傷心總是接踵而來，自古皆然，別想逃，梁啟超說過人生不如意事十有八九。但是梁啟超關我們闢室，他是飲冰室主人但是現在很冷不是嗎？

條件好，就像個棒球場上的天生好投手一樣。

最好的感情關係就像是棒球中的投捕關係。

一個人接，一個人投。

這個偉大的專業女性則天生是個傲嬌的好投手。

且看她在投手丘上，不停地搖頭，對著捕手的暗號皺眉，搖頭，搖頭，搖頭，搖頭，最後點頭。然後投出一個根本就不是捕手要的球路。因為她以為這就是叫做相信自己。

並不是啊。這是任性好嗎？

很多傷心，其實都是運動傷害。

如果妳很任性的話，那妳傷心死算了。掰。體育課通常連續兩堂。下一堂也是體育課，跑完步不要喝冰水。先散個步，然後跟隔壁的聊天或是加入VIP什麼的。

畢竟愛是不停的身體力行。但也要休息，而且光身體力行還不夠。

要身體力行，就得立志。

那個那個誰，對對對，就是那個左顧右盼的那個誰，看這邊，情場上的各位。喔喔說錯了是操場上的各位，集合了。

操場如情場，而且每個情人的內心秘密和體力一樣，都像皇后的貞操與總統的智商般依樣，不可討論。但是如果你真的像皇后一樣，那你真操，談起戀愛跟活著都是。

跑步可以看出人體力的盛衰，就像現在。

妳你你妳跑了幾圈以後，氣喘吁吁，面紅耳赤，你妳你妳則不同，輕鬆自在游刃有餘。是了，差異，很容易就可以發現。正常人不會逼自己去跑一場奪命的馬拉松來證明自己，但是常常莫名其妙就投入一場奪命奪魂賺人熱淚的愛情而組成了飛蛾樂火隊。

這是天性使然，任何事加上愛情就充滿想像。無趣的人生和跑步都是。人生像跑步，但阿甘說過了，害我不能用這個哏。

不過！阿甘沒有告訴你，愛情像什麼？

童安格有說過，愛情像杯酒？奇怪！誰認識童安格啊。我有買童偉格的小說，每本都有喔。嘿嘿，知道童安格是誰但是不知道愛情像什麼的你妳你你，讓我拍拍你的肩啊！順便在你手臂上揍一拳啊！〈愛情釀的酒〉是姜育恆唱的啦，但是童安格跟姜育恆是同個時代的歌手，總之你知道他們表示你不可以再做出傷害自己的事情了。對待自己的身體和情感都是。童偉格則是很好的小說家。非常好。

所有的事情都得從人生說起，你小時候一定有被迫主動立過志吧？沒有的人，你的作文老師國文老師跟公民與道德還有健康教育跟生物老師都是不負責任的老師啊啊啊（亂扯），放心我寫這個不算字數的。好奇的人問我是算什麼，我跟他說算做功德的。

立志是一種咒語。

你可能立志當個太空梭上的法國廚師或是發明愛迪生的電燈泡或是被櫻桃砸到的富蘭克林長大後放風箏變成林肯殺掉吸血鬼。不管啦，你立的志到現在應該支離破碎重新組合也不可能像樂高那樣符合邏輯了。

但是我敢說你從來沒有立志成為一個最好的另一半。

是！你都沒有成為那指揮艇請問誰要跟你組合啊無敵鐵金剛？

而且這兩堂課會叫做體育課是有原因的，我鋪哏鋪了兩個星期啊！這不是兜甲兒！而是關乎一個男人！他是鈴木一朗。

他從小立志成為一個大聯盟職業選手，在日本國愛知縣的鄉下，一個小男生，說他要先成為日本職業聯盟選手，然後成為大聯盟的職業選手，請注意這個順序，雖然這個志願很普通。很多日本小孩也立下了一樣的志願。日本人特愛立志。不過鈴木一朗達成了。他在日本職棒立下了可怕的里程碑之後，然後到美國職棒再立下可怕的里程碑。而傳奇仍在繼續，寫到這邊我都哭了。

是的！你和妳和妳你，就應該要當個情場上的鈴木一朗。

立志，超重要。

必須努力，認真練習，認真的感受，認真的看著對方的眼睛。

然後練習愛。

他要陪著你，這段感情，才能夠繼續。看著他的眼睛，一次又一次，有說話或是沒說話都可以，看著他的眼睛。然後想起立志的時候的決心。

不停的練習揮棒。說錯了，是練習愛一個人，每天揮棒一千次，又說錯了，每天思考對方的反應一千次，太多了啦，每天都想到愛，然後上班不專心，被fire之後怨天尤人。並不是這樣唷。

你的愛經過立志之後就會無敵。

舌辯四

之前讀過我文章的人跟我反應體育課有點感覺相當艱苦。那來討論一些形而上的嘴砲哲學好了。

也許愛情裡總都會啟動為愛癲狂的模式這樣。

其實，我一直說過世上不如意事十有八九，但是這不是我說的啊這是真的咩。啊不然我們幹嘛努力找到快樂的事情。但是請相信這世界上真的有天作之合而且他們快樂得不得了。天作之合就是說，因為我什麼都不知道就突然跟一個人在一起了，只好推給上天，所以就不管多麼之煩就感謝天。

既然這樣我應該要教大家怎麼拜天公。

上天，上帝，天公，天空，（王菲，王妃，蕭敬騰？）其實被人間善男女解構成，廟宇，信仰，各種神鬼傳奇，命運，摸骨，命相神聖之處所。

女人最神聖的殿堂，是身體還是腦袋？這個容有討論空間。我覺得沒得逞的時候是身體，得逞之後是突然發現身體上連著一顆腦袋的身體。這個部分你要看懂才能夠繼續往下讀。

男人最神聖的絕對是他的秘密。

君不見一個男人到廟裡去拜拜祈求的時候，一定是跟神祇來悄悄告訴他那些不能說的秘密。（一定是因為金馬獎剛結束所以我用了電影片名梗。）例如，嗯，不能說的。或是結拜，一堆男人在一起很簡單，就是更多不能說的秘密了。

所以當女人說出我的天跟我的媽比較厲害跟可怕的絕對是我的天啊那時候出現的狀況，不過大驚小怪也可能是。合著我是在瞎扯。回到合好了。

合這個字是交配的意思。就是那種天雷勾動地火的異性間交配無誤。

第一堂課我就說過了。人生不就是找個很愛很愛的人合是吧。

合，真的是得靠天生本性，萬點不能違背。

在幼稚園呈現的方式大概是勇敢的手牽手，小學時表現為打躲避球絕不丟你或是幫妳被球砸，國中就星座調性接近家裡住在附近兩個人朝會隊形的時候排很近，高中的時候要看各種不同類型了，不良少年的，校刊社長的，普通宅男的，籃球隊長的，合作社前面約會型的，公用電話講不停的。（到底打給誰啊到底到底！一定不是同校的嗎？錯！我就知道有打給請假在家睡覺的女友的！絕對不是我。）所以高中的時候，合作社總是大排長龍（誤）大學的時候就天雷勾動地火。然後出社會之後當然就是學以致用了。很可惜我們常常把幼稚園手段用在博士級的感情上。

因此，出社會之後常常比我們想像得更寂寞。
寂寞到像是回到了空無一人的幼稚園那樣。

於是。

男生常常作出不能說的秘密。
女生則就是拚命的尋找我的天。或是拚命地大喊我的天啊。

男生的秘密總是被發現。

女生總是如同希臘的神殿與天空般，要不是就是可望不可及的湛藍美好，要不就是親眼目睹的殘破不堪陰雨綿綿。

神聖總會傾壞的。

也許我們要意識到情慾和真實生活的溫柔交纏，就是一種美好的調和狀態，那才可以真正的找到我們最適合的口味。

那也許就是這堂哲學課與愛相關的想像與意義了。超越哲學的部分就只能參考大自然了。

自然五

愛就是賽倫蓋蒂。一種獸性單純的自然反應。

自然。

人類有時候害怕會用自然直覺的生理反應來決定感情，怕會被恥笑。

人會害怕，因為覺得自己是高貴的人類，不該有動物反應。對於那些動物直覺，你和妳通常選擇隱藏，也因此，會落得成為賽倫蓋蒂上的形隻影單的下場。可是那些獸的形貌卻絕美非凡。

在非洲最著名的草原，賽倫蓋蒂國家公園裡，上演人類社會般的人生。

最著名的幾種生物，就如同你我一樣，用直覺決定命運，用命運組成社會。

直覺是王道沒錯，但是《愛的進行式》已經停播很久，王道不再是當初那個和藹可親的爸爸了。人們因此而拋棄直覺，忘記了王道。直到今日，戰戰兢兢，好像那草原上的獨行俠一樣，殊不知，直覺是最好的軍師跟朋友。

愛就愛，不愛就不愛，喜歡就認識，不喜歡就拒絕。

不然那一大群斑馬牛羚是怎麼來的，當然就是這樣生養眾多佈滿這地的如此依靠直覺的生活著，有這樣的大部分的人，他們當然不缺伴侶，但是他們的伴侶在我們外人眼中很難辨認，可是，似乎也無須辨認。

於是大多數的情感成為草原上的風景，數大便是美。請不要在課堂上反應說數不到動物的大便。這個大便是說徐志摩的。

沒什麼不好的不是嗎，擠來擠去，分不清楚你我他，只有動物專家會告訴你誰是首領但是其實你覺得他只是跑在前頭，天天上演的集團結婚也不會讓很多天之驕子王母娘娘錦上添花。

另外一類也成族群，數量較少，在情感的食物鏈上面，他們要不巨大，要不就是食腐，要不就是佔地為王，肉食者看起來兇狠，草食性更是惡霸。

你應該認識不少情感上的土狼，大象，河馬，獅子，他們都是草原上的主角級人物，彼此老死不相往來。互相吞噬的情形不太多見，人見人羨的優雅也不是特色，人們羨慕他們的君臨天下，有人喜歡當獅子，特別是強大的公獅子，母獅子讓人想到辛苦的貴婦，之一。

有人羨慕大象，妳知道嗎，大象的家長是女生，他們平常都是女強人，只有交配和繁殖

期，公象才會被提出來討論一下，其餘的時刻，雄性消失在話題裡面。

最兇惡的，不是獅子也不是土狼，是河馬。公河馬是大男人主義代表，也是暴力狂，更是地表上最強大的兇獸。領域極強，只要母河馬進入他的領域，那就是要交配跟臣服，如果賽倫蓋蒂有檢察官，河馬一定會被起訴。當然，你可以說土狼很醜，很不要臉，很沒有風度跟格調，但是，土狼最愛家，也最疼小孩。更是好爸媽代表。

人不可貌相，動物更不可以。

最最迷人的通常都是孤單的形象。

獵豹。

公的獵豹

母的獵豹

姿態優雅，風姿迷人，一擊不中，隨即遠颺。

然而。縱然他們優雅，但是母的獵豹要獨自照顧後代，公的獵豹則非常難遇到對象，遇到了，也是一場廝殺的爭奪，可惜在大戰之後，還是孑然一身。

妳是誰，你是誰？又想成為誰？

如果你的城市就是賽倫蓋蒂沒有捷運。

沒有辦法低頭躲在手機裡的時候，可以想想這個問題。作為動物或是作為人都可以。而女人思考起來世界就會跟著轉動。

能量六

我相信每個女人都是牛頓。

每個女人都是牛頓。無誤，因為牛頓發明三個定律就可以弄死後代的所有物理學家。

在愛裡，與女生的任何爭執都是一種反射動作，連忍耐與冷漠都是。女生就是定律。

愛情的開始是化學無誤，但是互動的過程絕對是物理。當然也極有可能是非生物的不明事理。基本上物理的幾條法則可以實際運用在任何情感關係上面。

女人發現一種萬有引力，任何發生在她周遭的事物都會掉落在她那柔軟的心上，同理，男人錯誤的行為都會掉到地上，並且不會碎掉，會碎掉的都常是她的心。沒錯，所以千萬不要開玩笑。基本上我相信美妙的愛情是需要透過細心的關照和呵護的。我是辦不到，但是我有看過，看過就可以講講了。

很多人可以辦到，例如，我的友人ㄐ。友人ㄅ。友人ㄔ。友人ㄍ。友人ㄊ。其實非常多。多到我覺得很可怕，我很佩服這些人。不過，為什麼他們都做到這樣了，他們的女人還是可以不滿意。

後來我做出結論！每個女人都是牛頓。

第一，女人的慣性，比地球還穩定。當她們處於安靜的狀態的時候，那就是安靜的狀態，你沒事不要去成為一個外力，翻譯成白話的意思就是，女人是惹不起的，這時當然就有人就會哀嚎了，可是我沒惹她啊！

那是你以為。你就是惹到她了。

不然她怎麼會生氣。千萬不要懷疑，這句話是真理，如果你試圖愛著一個女人，那就不要懷疑，如果你覺得我在放屁，很遺憾我只能說你不懂女人。因為你以為惹到女人她就會生氣，你錯了，你惹到女人之後她不一定會生氣，但是你一定會吃不完兜著走。

兜著走的菜色無疑是相當豐富的，例如，女人會開始打電話給你，約你出去，問你在幹嘛，有沒有乖，懂不懂等各種豐富的對話內容。保證讓你目不暇給。

我知道你聽不懂。

本來無一物，何處惹塵埃。這是六祖慧能的。我們千萬不要學這個。你有看過達摩帶他女友出來唱歌過嗎？

神秀這種不及格的，時時勤拂拭，莫使惹塵埃。才是我們凡身肉軀應該學的東西。本來無一物的人已經超脫六界之外了，男人們要學他的話，只有魂魄會超脫六界之外，在愛情中你不能這樣做，因為這是一個物理世界，不是一個佛理世界。我實在很不懂，很多人都拿佛學講座來解釋愛情，這實在太神奇了，請上網搜尋悉達多，你就會知道他怎麼對待他的太太。

你學他就是找死！當然這是玩笑話，只是想要告訴你，你不能用形而上的思維去執行形而下的體會。

沒發生的時候，愛情是哲學無誤。身在其中的時候，愛情是科學。

哲學是所有科學的起點。

很難吧？我知道很難所以我放棄了，可是還有那麼多的人在追逐不是嗎？

其實還滿有趣的。這堂課可以上很久。我好開心。因為這樣我就不用擔心下一堂課到底要上什麼了。

有蘋果的人可以放在自己的頭上體會一下牛頓的感覺。

這才是第一運動定律而已。在愛裡的女人是無窮的，記住能量不滅的道理。

愛是妳的能量。也只有妳才能給的能量。

誌異

一・野娘娘

伊名，號作陳瑞和。較早在伊未曉事之前，光從稱呼來看，伊覺是伊某沒人愛。

這三字，有戶政事務所的人叫過，大家沒叫過，都叫喂、那個，小朋友、弟弟。大一點之後，叫他同學、先生、帥哥；沒人叫過他名字。也有叫他四指的、有個老人，叫他プロペラ噗嘍胚拉，他原本聽不懂以為是什麼盤子，老人說，這是日本勇敢戰鬥機用的螺旋槳的日文，因為他的手指只有四隻，就像四葉螺旋槳，他長大後找到資料，知道日本二戰最後製造出來的四葉螺旋槳戰鬥機，一台叫疾風，一台叫紫電，是最強的戰鬥機，不過最後，還是讓神風特攻隊開去撞美軍艦艇；頑皮的小學生也會叫他戰鬥陀螺，但小學生不會日語發音了，他每次在橋下或是一些河堤上，看到南無戰鬥陀螺的貼紙，都會不小心笑出來。

他滿喜歡笑的，縱然他手掌只有四根指頭，另外一個手掌也是，但兩掌斷的指頭並不一樣，不過這不是天生殘缺，國小保健室老師告訴過他，他的手指是一出生就被利器剪斷切斷，經過專業人士縫合馬上包紮好的，不然會失血過多而死。不過他不在意，搖搖頭說：「沒關係。我覺得很好看。」

他仔細看著自己的手掌，兩掌的無指處，皆齊掌緣而斷，接合處幾無疤痕，每隻手指都細尖秀雅，指身潔美修長，白膚透紅如筍，透著光看，會看到朝霧或是夕霞的顏色，對他自己而言，是個很修長美麗的肢體器官，他自己甚是喜歡。跟喜歡神尊娘娘一樣喜歡。

神尊娘娘是什麼位階的媽祖，在裊裊香煙後黑亮生輝的婉然面容，究竟是何方神聖魂魄，他其實不知道，從外觀看來，確確實實是媽祖，不過，也沒人真的在乎，大家都按照自己理解的意思，隨意稱呼，附近台灣人按個人感受稱呼為放生媽祖、野媽祖、野生媽，依照祭拜族群別稱呼歹命媽祖，依照地理形勢叫河邊媽祖河濱媽祖河畔媽祖河堤媽祖不一而足。沿河蜿蜒而生的聚落，

在廟西邊的社區居民角頭老大，說東邊的天后宮，在廟南方戰後移民的就會說北邊河堤外的媽祖廟，南邊台灣人則叫他北邊的河堤天后宮。

娘娘威德浩天，野起來，連名字都浩浩蕩蕩。因為夠野，沒人搶正名，沒黑白兩道爭歸屬權，廟會舉辦權，每年就團結起來，熱熱鬧鬧辦一場，狠狠收一大筆香油錢與捐獻款。

媽祖誕辰是無人不知的神明生，可這座廟，被附近的居民陸續完整建置後，有廟委會，有華麗雕鑿神龕，有烏楠木大神桌，有通天鍛金巨大香爐，有高達一層樓的雙手環抱紅蠟燭，更有幾乎可以繡盡滿天神佛的巨大八仙彩，有很多很多很多善男信女，但這尊媽祖不過生日，亦不出巡。

他想，可能畢竟是野生的，野生的大概都不知道生日的關係。慶典的日期每年的正月十五。

他自己，幫媽祖取了野娘娘這個名字，從未跟人說過，只寫在筆記本上。其實沒人知道他會寫字，這是他一個人的野娘娘，大家看他手那樣，很少人看著那樣的手，會期待那樣的手寫出字來。當然也就沒人知道他斷的是哪根手指。

他取這樣的名字，是因為很多人叫他野孩子，他取了這個名字，算是第一次有所堅持，在他一無所有的人生中，第一次，擁有一個只有屬於他自己的東西。能取這樣的名字的年紀，他升國中二年級。長大後，他才發現原來這是種叫中二病的症狀。

他還繼續寫著，野娘娘。也是娘娘的意思，也是媽媽，也是娘娘。他是講台語長大的，但又喜歡寫中文，他喜歡這種諧音，又像是掩飾，又像是張揚，又像是告知，又像是隱瞞，就好像他覺得天公伯對他生命有刻意的安排，而他也感受到有某種力量，與他遭遇在暗處，發出把他引向一個探索自己所來之處的微光。

也是野娘娘的庇佑。所以他覺得，愛他的，說不定不是人，應該是神。

二十幾年來，他就著這個廟長大。開始廟小，他就躺在小小的牆邊，廟擴建，他就躺在工地，完工，他就躺回廟增大的殿廊前，晚上，他尊敬神尊娘娘，只睡在廟簷下，等到他長大到睡不下的時候，廟也擴建到能附設一棟鐵皮拼湊成的社區活動中心，他在那有個小小的房間。等廟變得更為巨大，善男信女日夜絡繹不絕的時候，鄰近兩個區公所都來探問登記，一堆老人大人男人女人，七嘴八舌的說這間廟是他創辦的，七手八腳的就地合法，眾人有功無過救災扶厄，就任委員，附近兩派角頭與一派外省掛老大輪流就任主委，登記在他頭上沒人擔心。

陳瑞和不喜歡開口，而且越長大，也越不開口，他學會在世間眾人中躲藏，又存在，又消失的躲藏，最重要的秘訣，就是不說話。

廟在他名下，沒人擔心他會侵佔廟產與香油錢，沒人擔心他會變賣娘娘神像上的跟櫥櫃間的金牌，十八歲後，他在翻過河堤的附近、住著廟委會買的一間房子，是有電梯的大樓，新的。也是廟產，名字是他的。他會適時的出現在廟裡，打掃走動。等河堤的晚風吹起，河邊廣場人們開始唱歌跳舞喝酒，晚間人散去一片狼籍，早上來看，乾乾淨淨，他喜歡這樣，始終沒人發現，打掃後，他的眼睛總比陽光照著的廟庭地板還透亮。

生活中，除了中年，或年長，或者更年長的嬸姨姑姆媽，他幾乎很少接觸同年紀或以下的異性，不過他躲男性比異性更強烈更遠更防範，那些人纏黏在舌尖手上的，不是那些親切彼此吸引迷人的同性深刻情感，幾乎都是野蠻強暴式騷擾掠奪，嚴格說起來，他也不算陰柔，但在這些草莽荒涼的底層社群裡，他幾乎只能用監獄中的陽性暴力來形容這裡河堤邊父權惡臭的魯莽殘酷，那些看似慈祥，關懷，熱切，親密的擁抱招呼，對他來說都是可怕的陰暗鬼手與惡道修羅，所以他從小睡在神尊前，好用來抵抗這些可懼的無明惡身，縱然是飄渺無著的些微作用，娘娘神尊，媽祖阿母，作為神明的存在，對這些人間活鬼來說，於他也有殘弱如紙薄的精神保護，或說是心理遮掩亦可解，開始這些漫無目的的閱讀跟搜跡後，他發現，

內心那個不知道是潛意識虛擬出來的奇幻身影，就真是野娘娘阿母無疑。

不過他明白，確定自己只是要將過去那個真實存在的身影，與這神尊幻象重疊的部分分開，他分層的搜索腦內影像，要把兩者澈底分離，從光影色澤分佈大小光線立體線條任何他從日常生活中收集而來的分析歸納能力，他拚命的找尋，伸手在自己的腦海中撈啊撈啊，指尖與指尖間先延伸長出細線，兩指間再漫出細網，像他過去看到葉肉腐朽但網脈仍在的葉子那樣，從自己的腦海，再沿著顱腔鼻樑下巴咽喉胸骨側撈向自己的心臟，心臟並不是記憶的器官，他知道這些有些是記憶，但是有些不是記憶的東西卻明顯在那邊，催逼他從詢問人，到上網，四處去探查，無所發現，仍然是那些極為有限的線索，極少的幾乎要被稱為妄想的記憶，或說是夢境，那個被環抱奔跑的感覺，在臂膀間緊抱晃動的激烈上下搖擺撞擊，劇痛醒來，眼前仍就是現在。

他想轉換心境，便獨自去靠近入山處的鄉鎮山溪，他貪看景色，失足跌至溪谷中，醒來人躺在灘石上，他勉強回想，只記得入水，激烈翻滾衝撞，吃下多口溪水，水在鼻腔，嗆至眼眶，四周從轟隆作響的翻滾攪動水聲，肢體踢水聲，水從白色大小泡沫安靜成為細霧藍綠色，靜置墨綠，深藍，濃灰，墨黑，直至啞黑。無聲一片。他記憶只到這邊，為何竟然可以活著從溪谷上醒來，卻怎麼也想不了，起來渾身痛。

遠處揮動來手電筒晃動的光。有三四個強壯的身體黑影跳來跳去。

「啊你剛剛掉進溪水裡啦，我們把你拖上來以為你死啦，剛剛要去帶警察來看屍體，那你沒死就好啦，帶你回去回去啦。」但晃動的燈光越來越近，他想是要他回去嗎?勉力一起身頭更痛，起身略為低頭，一灘水墜到地上的聲響，全是深紅潑在深灰濃灰的礫石間。黃光晃過來，他只記得「誒誒誒你看你血流成河成這樣，不要像河一樣的流血，人不是河，血會流光，流光會死翹翹捏。」適合嗎?還是河?是何?醒來時他已經身在布質的白色四方盒裡，四方盒外，又有剝落白漆灰斑的更大盒蓋，跟左邊的黑色玻璃盒邊，右邊的木紋盒邊。好像躺在電影裡主觀鏡頭的白色棺材。

有一隻手伸進鏡頭來打開盒子。是媽祖娘娘。不是，是護士。他慶幸自己回歸現實。但試圖分割的影像沒有成功分割清楚，他恐懼自己越來越向量化的思考觀察，把一切簡化成平面線條還有色澤，他問護士什麼時

候出院。

「精神科醫生還要問診，看X光報告，外科主治醫生要看傷口癒合，看完才會知道什麼時候可以出院，你那麼帥為什麼會想不開，自殺不能解決問題。」

他知道自己沒有自殺，不過接下來一串的問診經驗讓他覺得痛苦非常。

「啊是這樣啊，你這是兒時創傷症候群，你要做心理諮商，才能原諒自己，不會再傷害自己知道嗎？」

他沒有傷害自己的意念過，可他沒回答，終於一連串的檢查訊問結束，警察也來做筆錄口供，他在病床上簽了名，等到疼痛感還留存絲毫的時候，他出院了。

他一直覺得自己幸運，娘娘阿母看顧，衣食無缺，廟委會每個月都給他兩萬的零花錢，有地方住有收入，他開戶存起來，沒人知道他有存款，他反正就這樣看著廟，對於廟宇，還有野娘娘的獨特的情感，像雨後的河水越發漲湧。

某年大水淹過廟頂，他站在橋上看著哭著，看著娘娘廟飛起的尖頂，剩下小小的飛簷尖，切開一點點的濁流，看不出簷尖的顏色，他感到異常的傷心，他記得那牆縫水泥抹邊的

規則起伏，磨石子地板的反光，金屬邊條的閃亮，都被這些洪水淹沒，那傷心太過，他一日未眠。

隔日一早，他又到橋頭望著濁水，見一物浮沉，他直覺就是娘娘神尊金身，一想起娘娘他氣勇橫生，往橋下一躍，入水一刻，他腦門完全空白，他想起墜溪那次的經驗，不知是何處生來的力氣，他直往那神尊游去，不管什麼氣味危險，泥水直衝口鼻，所有的游泳動作知識完全沒有用，他只能盡量的朝神尊靠近，而神尊也的確離他越來越近，他覺得不是他自己游過去的，是神尊朝他流過來，接著他扭身水流把它拉向堤旁的階梯。根本就是被沖上去，他渾身是血滿身瘀青和黃泥。

是娘娘愛他才讓他活下來。

那風過後，所有的人類動物還畏光的清晨，日曦破雲，濁水退去，眾人還尚未來，他一人拉來水源，沖去髒污的黃綠泥水，從神龕裡捧出娘娘神尊，他燒香撚告，備好乾淨細布溫柔擦拭，正午時候神尊恢復黑亮，旁邊老人說這是極好木材雕成，不朽不腐，他摸到神尊背後凹處，有濕潤泥團，指長劃過輕觸，泥破水漏，他赫然一驚，摸到些碎骨，還有細小的圓顱尖嘴，與一張濕透的黃紙。他的眼淚不知為何又流了下來。且渾身雞皮疙瘩不止，略回神後，他不動聲色地將所有灰沫白骨攏收在掌心，包含那張黃紙，繞往廟後，朝底抽了一張用剛買來要祭拜的天公金摺妥收在口袋，他看過在別處廟宇的神像開光點眼，有這儀式，將小鳥折斷頸項，用力捏小，佐以畫妥的符紙，用紅泥封起，這些應該是同樣的東西吧。

他尋思何時交出，選神尊風乾重漆，著衣安座那日。他的野娘娘。

新的衣裝在風雨過後，秋去冬來的隔年春節備妥，不日即舉辦大型祭典，師公道士誦經團陣仗齊列，連附近某旗袍教團都來參加，他心覺荒謬。外套內裡的那摺天公金，就沒有交出來。他知道自己為什麼不想說，因為沒人問沒人發現，他隱然覺得這是娘娘贈與他，單獨屬於他的物件。而且是他自己私願要的，不是上天不問可否的賜贈，也非他人莫名而來的堆砌祝福。

自此，他更刻意妥藏。把他自己，跟這個應該只有他擁有的秘密，開始藏。他開始到圖書館，學習上網，買手機，用網路上的搜尋尋求知識。他發現有夜間的學校，發現他可以報考，世界比他想像的還要巨大很多很多很多，有著他從未聽聞的語言，國度，而他開始攀爬除了河堤樓梯以外的其餘處所，有著不知道爬過去之後會發生何事的忐忑，他開始想離開這裡，但又捨不得娘娘，也怕真的消失之後，心下無可憑附之感，會更加令他無所適從。所以他還沒有把握可以真正的消失。

沒有這個把握之前，他會刻意製造日常的存在感。

他經常協助所有回收商整理紙箱，人家若在裝潢，他會過去工地，協助搬動木板跟從房子裡拆出來的隔間建材，若有老舊的夾板，釘子還在，他小心側身，褲子還是被劃到，勾破了一個小洞，他用手指頭去摩挲，皺了眉，但仍然繼續動作，他蹲下來，用少了手指的手掌，熟練的夾住鉗子把釘子拔出來，丟到小小的帆布袋裡。這些鐵釘可以另外回收，他喜歡做這些回收破爛來安撫他自己，河堤翻過去，附近辦公大樓公司周邊的，商家店面，各個大樓的分類區，一般住家樓下的回收叔姨，他都相熟，大家都喊他：「媽祖子！帥哥！」感覺很熱情，但越這樣，越顯得陌生而不清淨。

他面目極為清秀，用帥來直呼甚為平淡，真可用美麗來形容。他長大到現在，倒是沒人不記得他，但問得深，說的就是他很好看，很愛乾淨，很乖，很可憐，很聽話，不知道有沒有讀書，在廟裡幫忙，好像智商有問題，沒有父母，是天公子媽祖子，算好命，這些話牢牢地黏著在他身上。但面容好看。自小替他帶來很多麻煩跟騷擾，異性同性都有，大人同齡都有，跟環境不相容的乾淨安靜，也惹得附近遊民，不時拋來惡意目光，他已經不會睡在廟裡，所以他也不希望遊民睡在廟裡，他會清掃活動中心給他們晚間歇息，但某些不理會他的，往廟裡四處躺，這令他不悅，對人的嫌惡感似乎日漸加深。所以，他午夜會巡廟，非要把大家都請到活動中心才舒服。

巡完離開前，他都會對娘娘默禱暗祝，他長大後才知道，媽祖娘娘是個十多歲的少女，他不但沒驚訝，反而感到合理，因為在他的潛意識中，又或說不知名的靈魂夢境深處，他一直看見一個少女，他一直相信那就是他的野娘娘。

日子如河流動，偶有起伏清污，直到有天，晚上祝禱完，就著廟前終夜不滅的兩盞水銀燈，原本只鋪散在廟前的光暈，像是漣漪般擴向河堤交通道方向，有輕輕的鼻音哼著音響，奏來一個平常這個時間根本不會來這的人影，如歌如曲，輕飄飄的，像在跳舞，一開始，他真的以為看見媽祖娘娘，但轉念就發笑，那是一個女生。一個很美很美的年輕女生，穿著牛仔褲跟短短不及腰的披肩式米白色滾紅邊繡花上衣，蹬著一雙紅色的高跟鞋，站在廟前合十。廟門已關，她不能燒香，躬身完挺立，女生踱步徘徊，沒有離去的意思，他遠遠的看著，不知道她在幹嘛？略看片刻發現，這女生正在學模特兒

走台步，他想笑卻不敢發出聲音，仍然仔細觀看，又過數分鐘，遠處車燈亮起，車輛喇叭短鳴一響，女孩順著車燈的光走過去，大概是要去後台換衣服吧。他自己呵呵笑了。車燈縮小，光退去，舞台暗了。換他走出來。往河堤外走，自河堤樓梯漫步而上，而到底是河堤外還河堤內，這也只是他自己的困擾，他沒有跟誰討論過。他自然而然，認為城是是河堤外，而廟這邊，是河堤內。每次他回到，也不是回到，他沒有建立起家的觀念，每次離開河堤，就覺得不知是在何處。

而其實，就算在河堤內，他也有魂在身外的感覺。而這樣的感覺，卻讓他變得敏銳，變得通透易感。他觀察人的時候總是會加入自己的判斷，也會想像，這人是做什麼的呢？哪裡來的呢？在想什麼呢？有家嗎？有家人嗎？有朋友嗎？想到這，他會想應該不至於跟他一樣。他對於家人跟家，朋友和同伴，無法想像。

剛剛那女生，不知道有沒有家人。他想，也想起他一直在尋找家人的感覺，不是真的要家人，是有家人的感覺是什麼。他想要知道。有人愛她，她那麼美應該有人愛她。

他小時候，應該說，長大到國小之後，他約略知道自己是似乎是在廟邊被撿起來的，說是撿起來，就是撿起來，沒人送他去孤兒院或是帶回家，聽說就是一個老者，到處央請育兒中的婦人家代養，在這個現代大城的老舊城區裡，這樣傳來遞去的被養大到學齡，這些人沒有收養的儀式，生生死死來來去去的換了好多人，社會局也沒有他其他的資料。

可是，為什麼他會叫做陳瑞和？他想。

沒人知道他為什麼要叫做陳瑞和，一開始的人應該知道，但是沒人知道是誰取的，因為一開始的人都不存在了。他去戶政事務所調閱資料，替他登記的是二十幾年前的社會局社工，除了知道開出生證明的是一間早就拆除重建成大樓的診所外，他有想過更深入的追查，但活著的經驗告訴他，越追查，他想要匿跡的努力就會崩潰，越想清楚了解身世，活在世間的輪廓就會越清晰，所以。

先不要。

他從網路上也學過這句話超棒，他覺得很適合他，感覺自己也有點跟上流行了，超棒也是他從網路上學來的，原來這樣的數位通訊協定所形成的一種虛擬溝通渠道，已經成為真實世界中的真實存在了，他學著上網，使用虛擬的帳號，使用假的名字，到處觀看真實世界，使用陳瑞和這個名字，進行各種學習的過程，他慢慢的變了，外表可能沒有變化，他極力壓抑自己變化外表的慾望，甚至連衣服也不敢太過潔白乾淨，他盡量讓自己流汗，勞動，接觸髒污，清潔垃圾，就學的時候也不與同學往來交談，減少與人接觸的機會，偶有文科老師注意到他的成績，召來詢問：「你喔，那個成績很好，積極度要更高啊，不要再念晚上的啦，

轉去日間的啦，我幫你問，找一天請監護人來。」

監護人是什麼？他當然知道。但連他自己真正的年紀，他自己也不知道，生日是別人填給他的，只有行走的步伐跟探查的雙目，攫取收下在眼中的影像跟移動的距離是真實的，他沒辦法確定什麼是真正的感覺。

而真正，到底是什麼。

在社會中潛行，他發覺自己的行為，像自言自語跟自顧自地發笑，讓同學有點怕他，粗魯冒犯的就說他有病，其餘的怕惹來麻煩，也保持距離，傳說他不好相處，比真的來和他相處起來容易，而說到相處，一來他沒有給人能相處的機會，二來他也不跟人相處，就這樣，他藏了幾學期，到學程後端，他發覺自己想念的書，已經都可以自己找到，自己想學的，老師也沒教，或教不來，他決定辦休學，這是他跟人互動最後的責任感，消失時，要有一個理由。

老師說：「沒聽過第一名在辦休學的，找監護人來了解一下，轉系還比較合理。」他默默地低頭。老師還想開口。他低聲說：「教授，我沒有父母跟家人，所以沒有監護人，我成年了，對不起。請您尊重我的決定。」老師沒辦法說什麼，簽了字。於是他離開了學校。

不去學校，原本的時間，頓時空了，開始的幾天，他在房間裡面一直上網，拚命在網路上翻看各國的新聞，各式電影，吞吃過去有興趣與沒興趣的，他發現這些電影或是新聞的主題，對他來說都非常非常陌生，都是家人親情愛情之類的，包括他最陌生的異性。

回到大廈中，他突然想起那天在神像裡面的那張黃紙，他取出那個摺合緊密的天公金，拿出那張因為浸濕又乾燥後的黃紙，他極輕的揭開深怕紙張碎裂，紙張比一般影印紙略硬，是類似金紙的那種紙質，上面有模糊的幾個字，是日文的片假名，010264 清楚的數字，三個字他直接念出聲音。紙張掉在灰色的骨末上。

陳瑞和。

這個名字為何在媽祖娘娘像裡面？一邊想，一邊用電腦輸入那串日文的片假名，是個地形的日文單字，岬，みさき，咪撒ㄎㄧ，他也唸出聲音，這是什麼?他把視窗往下滑，岬，一種海岸地形，日本地名，日本?為什麼有日本?他繼續把視窗往下拉，岬町，岬灣，襟裳岬，位於北海道的一處岬角，繼續往下拉，是一首歌，繼續往下拉，みさき位於台北市中山區的日式酒吧，一個電話的符號，然後是0225010264，統一編號，負責人：陳瑞和。他極力壓抑住自己的激動，渾身一樣劇烈發抖。他把地址抄下來。

站在這個地址前，發抖的狀況停止了，因為這邊完全沒有這個日文字的招牌，漢字也沒有，什麼都沒有，只有一家叫做金色年華的酒店，到達的時間是下午時分，附近沒什麼人，旁邊是新生高架橋，他從手機上又搜尋了一次，拉到這則搜尋，再仔細看一次，原執照申請停業，變更執照營業項目，核准，變更負責人黃XX，核准，沒有全名，他在附近繞來繞去，直到黃昏，這夜國的清晨也才剛來臨，一切都醒了，有個穿著短褲的人推著一個長方立體的燈箱出來，徵少爺，他把電話抄下來。走到旁邊巷子，撥了號碼。

打電話過去對方希望他直接面試，於是他轉回頭，看到剛剛穿短褲的人站在門口抽煙，他表示他是來應徵少爺的，對方對他招手，他跟著走進去，短褲人拿出一個簡單的表格要他填寫，填寫資料的時候，短褲人問：「手方便嗎？這樣可以做事？」他點點頭。短褲人說：「來上班還是帶手套，少的指頭可以塞東西進去嗎？怕客人看到不舒服。什麼時候可以上班？」他又點頭：「馬上可以上班。」短褲人說：「有做過清潔嗎？會有嘔吐刷廁所清大便喔，喝醉的也會亂大便，敢的話再來喔，可以今天上班啦。」他渾身又起了雞皮疙瘩。但仍然勉力維持冷靜，點頭點得更用力。「我是少爺的領班，你叫我經理或雞哥都可以，以後你就歸我管，客人給的小費要先交公家，每天計算，每天滿五萬後，還有給的就可以自己收，不用拿出來分，一天固定兩千五，上滿，上滿就是清完包廂送完客人才能走，四五點下班吧，少爺晚上七點打卡上班。新人比較累，可以嗎？」他繼續點頭。雞哥又說：「熟客怪客奧客都很多，現在教不完，你就去阿滿那組，他那邊那組包廂都很滿，會很累，你先支援，就穿阿滿的制服，他也是帥哥，不要跟小姐談戀愛知道嗎？會衰小的。不是小姐衰小，是你們會被小姐害死，知否？」他用台語應了：「知。」但心想一定還沒完，雞哥一定會繼續咕咕叫，果然：「不是小姐想害你，是小姐的命你們配不上知道嗎？以後你聽到總誒念小姐你就知道了，她每天都會念，像是道士誦經那樣，你就知道她的厲害！看到總誒一定要叫人，黃總好，娘娘好，最高最兇裙子最短的就是她！你先跟我來。」雞哥往大廳櫃檯的背後的小門開門走進去，結果門先打開。雞哥被打往後一退，站不穩就快跌倒。

他立刻接住要摔倒的雞哥。雞哥轉頭看他一眼表示謝意，生氣的用力站起來想要罵誰開門的時候，整個好像被氣脹起來的身體，卻消下去。

女人的聲音很高昂：「幹拎鄒公汝這隻雞，要請新人沒問我就請了，請了就算了還在哪邊跟新人說我最兇，汝懶叫比拎祖母腳骨還粗嗎？沒大沒小教壞囡仔大小，新來誒汝過來！」

他走過去。站好。兇女人開口說話：「叫我黃總就好，黃姐也可以，娘娘是他們自己加上去的，汝莫學，乖乖上班，學快點，很快就可以月入七八萬，勤快聽話就好了。公司的小姐不要碰，就跟客人的東西不要碰是一樣的，知否？」女人的聲調好高好高，他有一種冰涼的熟悉感，不知道為什麼，大概是因為娘娘兩個字吧？他想。不過仍然記得回應點頭。他覺得有點答應太快了，應該留些時間回去準備一些什麼，但要準備什麼他也不知道，不過，他有一種命運來到的感覺，很強烈，尤其是女人出現的時候，在溪中滑倒的痛苦跟窒息記憶一起從頭頂淋下來，空氣濃烈的像是真正的冰涼溪水。不知道為什麼。

尋找自己的命運真的很可怕，他第一次有這樣感覺，對比過去那樣的平庸的社會最底層跟可用最低劣的詞彙來形容的破爛生活，過去顯得很平安，他希望媽祖娘娘可以保佑他。不知道為何，他有一種非常強烈的不安全感，覺得很危險。上班第一天就在呼喝奔跑熟悉客人的斥喝公司女公關的嬌笑還有女公關偷倒在地上的酒要立刻進去跪在地上跟客人哈拉時讓另外一人去假裝收拾擦乾。這件事情他來做很適合，因為他不用抬頭看那些人，他身世的秘密也許就在某個人臉上，越想，他就越害怕，動作就越快。

日子複製了起來，兩個月過去，他非常熟悉這裡表面上的一切，女公關的休息室是在最大的包廂，但生意好的時候沒人可以休息，公關都不夠所以帶檯跟幹部都在到處打電話找公關支援，他跟同事相處得非常好，因為他可以做最噁心的事情，動作又超級快，因為不會主動接觸客人，也不會分小費，同事覺得不好意思都會主動分更多給他，他不用正眼看，就非常會觀察，非常會，所有的人的臉他都掃描收集過了，他發現那天晚上在廟前面跳舞的女生，也是這裡的女公關。

女公關完全沒有見過他，根本不知道他是誰，倒是他看到女生會刻意閃躲，不過他很放心，那女生沒有跟她眼神交會過，應該也不知道他是誰。他最怕的是這裡的娘娘，因為她在罵女公關的話會讓他跟著起雞皮疙瘩：「拎家誒查某囡啊，拎不要以為要來這當觀音媽祖給人奉侍，拎攏總是鬼，野生誒鬼，來這吸人陽氣做修行的，修行成功就能做人，厲害的可以成仙，要修到像我這扮才有可能，拎攏愛想清楚，莫幹喝的就要給人幹，給人幹的就不用喝，不要不喝又不給人幹，那拎系來這做仙女嗎？卡緊咧，客人都來了，出去吸了！」聽得他毛骨悚然。

為了上班，他買了外科手術用的白色手套，買了個兩個塑膠指頭，戴上手套後看不出來缺指，手腳勤快，黃總非常喜歡，常常會跟他講話，他那種初見面的恐懼則越發強烈起來，這時候的他，早就不敢想要調查陳瑞和的事，真實的社會令他越來越恐懼，想要躲藏的天生慾望，開始爬滿全身。

他決定逃避，他訕訕地跟雞哥表明離職的意思，雞哥百般挽留，他堅辭，雞哥說這樣這個月的薪水就領不到了，他知道這跟對付女公關一樣，但是他說那他不要薪水了，也沒有勞健保的問題，他要是明天不來，雞哥也不能怎樣，於是雞哥要他好好考慮，無可奈何地走了。

下班時，整個店都是暗的，像是廢棄的豪華宮殿那樣，只有出口的一小盞黃燈亮著外面的世界，天如果亮了，就會小小的有著一個長方形白色。終於，可以離開了，他以為。

但現在他走不了。

有雙手過來拉住他。一轉頭，是那個廟前跳舞的女生。他大驚，用力抽開手，手套跟那裝飾的指頭整個被拉掉，女生卻沒有吃驚。女生說的很快：「我應該知道你是誰。明天晚上十二點，我去橋上的人行道等你。跟你說你爸媽的事情。你走吧。」

他走了。沒有回家，直接回到廟前，成為河邊的一株樹，呆站著好久，在廟前睡著，醒來又呆站到深夜，終於，他走了階梯，爬到橋上的紅色人行道，看著黑油油的河流。這裡會有答案嗎？他想，自己不是陳瑞和誒。那是誰？

「喂！喂！你快跑！我媽跟公司的人都來了！你快跑啊！」

上到這的階梯只有一個，他往橋的另一邊跑，然後聽見女生尖叫。他停了下來，回頭，看見娘娘跟女生在拉扯。娘娘往他這邊叫喊。

「阿和！你別聽伊亂講！汝係我生的！伊起瘋啊！伊係小姐，攏咧騙人誒啦！我送汝來這，是為了保護汝！那時我跟男人在爭！你是昭和六十四年一月二日出生的！店裡的電話就是用你的生日申請的啊！你有查到啊！伊在騙汝啦！汝莫走啦！」娘娘一邊講一邊扯著女生從橋那邊擁著一團混亂接近，店裡的圍事朝他過來。

「你才不叫阿和，阿和是我爸，她才是店裡謀財害命的人！她才不是我媽啊！哪有媽媽會叫自己的小孩當酒店小姐啊！你快跑啊！你是我爸陳瑞和跟你媽生的小孩啊！你是我親弟弟，不要相信她！你快跑啊！她會害你的！她騙你！弟弟你快跑啊！我會找到你！千萬不要相信她！他以前就是店裡的小姐害死爸爸的啊！」

他沒有跑。他往下跳。所有聲音消失，暫時什麼都不用知道。先不要討論誰是真的，誰是真的愛他。

燻煙與火光相交的某個黃昏，野娘娘廟人聲震天，鑼鼓鼎沸，鄰近文創市集熙攘人潮不會往岸邊的濁流一瞥，沒人記得陳瑞和，就算詢問，擁有這個名字的人，早就不存在，也沒有佚失可言，入夜人潮逐漸散去，再也無人會在附近出沒巡視，或真心敬拜這野娘娘，月暗無星，橋邊涵洞水泥構工上或仍有不時蠕動的身體，但那都不是他了。

不是他，不是喂、那個、小朋友、弟弟、同學、先生、或帥哥、四指的、或プロペラ噗嘍胚拉；啊是プロペラ噗嘍胚拉，原來，這個老人會用這個名字叫他，可能是因為，那時候老人就知道，在往後的某夜，會在那女生面前，跳進河裡，他想起在河堤內看過的電影裡，演員所扮演的神風特攻隊的影像，還有プロペラ噗嘍胚拉プロペラ噗嘍胚拉的轉動引擎聲，搭著高空呼呼吹起，割空的淩冽風聲，他跳進河裡的時候，這一切都不再是看來的，他終於可以身在其中。然後可以離開。成為他自己。

他遠遠的在河岸看著那些繁華盛典，和野娘娘，很開心自己不再是陳瑞和。接著他轉身朝河堤上走去，知道野娘娘愛他，他愛著野娘娘，不相見，也愛。

二・因海而生

「只要事情發生過，我就不會忘記。」海生這小男生，一講話，表情馬上好認真。

我記得，海生在我離開前，還有跟我一來到這個半島時，他就說過我一樣的話。

那是南方半島午後，大雨忽來，本應屬於熱鬧街道的人群，被天上倒落下來的雨水，嚇進兩旁的店家，我是其中之一。這雨算是會做生意。

我在恆春鎮上被人群擠著，擠著，莫名其妙就擠進一家沒有門面，甚至沒有一道門的店，我感覺到街道好像凹進去一點，身邊就出現整面的乳白色大面牆壁，黃色櫃檯，藍白相間的桌面，半透明的黑玻璃杯，綠紅交雜的餐具，灰色牆上有著各色塗鴉，好多種不同的語言，我只認得幾種，白牆上櫃台下都掛了畫，各國的笑臉都飽飽的在整個空間裡搖來搖去。

我有點慌，害怕自己白衣白裙太過冒犯，我刻意把擦頭髮的毛巾披在身上想藏起來，結果卻像舞起旗幟，所有人，在我打出旗號之後，對我行注目禮。

當時我害怕也厭惡目光，繃緊自己的臉把大家的笑容推回原位。

有個男生還是看著我，一七五公分左右，孩子氣，學生樣。

他一邊笑鬧，一邊轉頭，招呼跟目光來得一樣快，他的笑容是很暖的鵝黃，大方的態度像個男人，被他發現，大概不是那麼討厭。

不知道是他還是那家店，我開始覺得有一點點放心。

「妳好，我沒見過妳。」他跟著他的招呼一起站在我的面前。

「你好，我也沒見過你。」我說的第一句話就好該死洩了底，不知道他會不會被發現我很不服輸。

「我想坐在那邊。」我隨便指了離街道最近的一張桌一隻椅。

「妳喜歡就好。妳也只能喜歡這個座位了。」

他說完便往後看，裡面的人影跟聲音黑壓壓又嘩啦啦的告訴我，客滿。我抬頭看向他，點了頭，他也向我點了頭。這樣的初識算是有默契。不過他轉眼就往裡頭走，我摸摸桌子，背對店裡。

「咖啡。豆子曬的陽光跟你現在曬的一樣，叫璽曼，我是海生。」才坐下，反正坐一下也沒什麼，大男生送來一杯怪咖啡，加了一句自我介紹，可是我沒點。

「咖啡會說台語，請妳喝。」這台語讓我一頭霧水，聽不懂，不知怎麼答。

「我那法國老闆，說他不知道好不好喝，請妳試喝。」或許他存心作弄我，這個男生突然講起英文，真讓我哭笑不得，因為他沒有那種台北到處見慣的賣弄的噁心樣子，眼神一派天真，而真正的哭笑不得還在後頭。

「其實他要我喝的，我才不要，豆子曬在屋頂，屋頂有鳥。」好了，聽了二十幾年的國語出現了，可是我還是聽不懂，我的臉色變得奇怪，他居然出現笑容。

「哈哈，別怕，騙妳的，這是老闆請我送給妳的問候，歡迎妳來恆春玩。順便跟妳說，這裡不是墾丁。」這個男生一下子給了我好多問號，不過問候的確也討人喜歡，我笑了，我相信好的侍者需要最高級的觀人術，卻也得保持自己的風格跟氣度。

他是稱職的，而且他不說開玩笑，只說騙妳的，像孩子。這半島的確是童心的天堂。

把微笑留下之後，他轉身離開。當時我吁了一口氣。適時的留給客人空間，是非常難拿捏的，我對他的細心，半是訝異半是微喜，當然也就得空，好好看著這個難得暫時被冷靜的街。然後我問著。

在這裡真的能休息嗎？還是只是來這裡欺騙自己？多少人跟我一樣，還是每個人都沒有兩樣？與派出所面街圍牆邊線平行的半空中，大雨讓綠色路招顯得有些模糊。我看見。墾丁路三個字。

我在恆春的巷弄中，彩色的店，大雨過後，與人對話。

拌著雨停後直竄進店裡水蒸氣的陽光，籠照著坐在店門口的我，所以，我渾身都有著酥酥的香味。像是曬乾的毛巾那樣。

「如何，本土曼特寧有沒有海的味道？」突然出現的海生開始不會讓我覺得突兀，我想他在這個店中大概是無所不在的。

「不錯，喝起來剛好，不過我在書上沒看過這種曬法。」我用直覺回答，我有好多咖啡書，但是我還是很可憐的，只喝來自西雅圖的星巴克的俘虜。

「是啊，咖啡香味永遠都不可能在紙張上出現，就算是大文豪。文字只能營造氣氛，卻無法創造味道。」他的表情很輕鬆，說的話卻好慎重。當時我開始好奇，他為什麼會出現在這裡。

「你是這裡的人嗎？」我想問。

「在這裡出生，在台北長大。」我鬆了一口氣。大概是因為我害怕墾丁這個鄉下地方，竟然會有一個跟我年紀差不多的男生，說著來自城市的我未曾聽聞過的話。原來他也來自台北。

我開始有點覺得無聊，階級意識無端的發作起來。

「怎麼？妳覺得台北長大很遜嗎？妳是台北來的吧？」我搖搖頭，又補充般的點點頭，我不想承認自己壓根瞧不起台北。

「那妳大概瞧不起台北，不，我想妳一定想離開台灣。」我承認，當時我嚇了好大的一跳。

「你怎會麼這麼說？」我著急了。

「妳們這種人我看過。」我開始有點生氣，因為我覺得自己被揭穿，而且我發現原來在別人眼中我並沒有不一樣。

「我們這種人？我是哪種人？你又是哪種人。」我挑釁他。

「這種人，刻意忘記自己，假裝自己變成另一種人。」他說，然後我獃住了。

「不大甘願的，又很在意自己來自台北，明明依戀這裡，又一副能離開我馬上會離開台灣的樣子。都是因為妳們認為，在台北或是在台灣，說自己有夢想容易被瞧不起，或者那是不切實際的，所以，不敢說自己有夢想，而且故意嘲笑別人的夢想，然而妳們夢想其實很多，可是通常只會變成幻想。而我呢？有夢想，而且我不怕別人嘲笑，也努力的讓夢想不至於成為幻想。」海生再度讓我訝異，我訝異於他的直接，也訝異於他膽敢在一個陌生人面前說自己有夢想，我一時又用孩子氣來看待他。

「你滿天真呢。」我很客氣的潑他冷水。

「天真？小姐，我世故起來可是會讓妳無法招架的，天真只會導致幻滅，我或許偏激，不過我卻很清楚的，看來妳不了解什麼是夢想。」他笑了，很讓人生氣的笑，因為這笑讓當時的我覺得渺小又愚蠢。

「你不擔心這樣讓我覺得你不禮貌？」我試圖提醒他的身分。侍者是不可以讓客人覺得受挫的，我一定要提醒他。

「小姐，我一點都不擔心。」他笑得很自然，然後倒了一杯水放在我的面前。

「因為妳被我說中了。只是有些東西妳沒有辦法拋棄，試著拋棄吧，妳會比較愉快，而且妳可以發現有夢想是很棒的一件事情，住在台灣是一件很棒的事情，來自台北是一件很棒的事情，能在墾丁是一件很棒的事情，而不是讓妳覺得沮喪。」我看起來很沮喪嗎？我又擔心起來，而且開始覺得進來這家店是錯誤的事情，我想起站在林森北路算命攤子前那個發呆的我。原來在台北或在墾丁根本沒兩樣。離開台灣就會變得不一樣了嗎？

「你覺得我沮喪嗎？」我投降了。向一個陌生人投降，會比跟台北的生活以及環境投降讓我覺得好受一點。

「不，妳需要鼓勵。我正在鼓勵妳。讓妳知道現實世界的某種失敗者對妳的看法，你一定會被鼓勵的。」他笑得讓人放心，我再度訝異。

這個放心的感覺我好久沒有過。

「謝謝。但，失敗者？」我很誠心的說。也很誠心的問。

「妳會在這邊待多久？」他問得很自然，很像一個好朋友。

「我，不知道。」我卻自然不起來，明明就有計畫的。

「如果妳會待上一陣子，妳可以常來找我聊天。我再提供妳完整的失敗者觀察報告，妳住在哪邊？」他很有自信我會把他當成朋友。但我的確想知道失敗者的觀察報告是什麼？

「鎮上。」我怕說太多。

「鎮上靠哪裡？」他有點沒分寸，竟然這樣問著一個陌生女子。

「基督教醫院附近。」我還是說了。

「很近。來來去去很容易的。」我相信了。開始想路應該怎麼走。

「我擔心我不認識路，我是路癡。」我問了。

「就一條路，來找我的話。」為什麼？為什麼？他這麼有自信呢？

「找你？」我還是不願意拋棄一些什麼，但是我的心跳了一下。

「就從醫院那過來只有一條路啊，完全不難找。這是個海邊生出來的小鎮。路則順著落山風吹，所有的跟省道垂直的路冬天都會有風。」我無可核對，但感覺很有道理。

「海生出來的小鎮？風吹出來的路？為什麼我要找你？」我完全跟不上他腦袋的速度。

「慢慢妳會懂的。因為上帝已經帶妳來找我。」腦筋要煞車也煞得快，並且俐落，還扯到了上帝。

「來，我畫給你看。」他的字很清秀，圖也很可愛。

那天晚上，我順利的回到鎮上居處，才八點多，我依著海生畫給我的地圖，仔細在這附近繞一繞，認識一下地理環境。一邊走就一邊也試著記住。

小鎮的海生，海生的小鎮風吹的路。我又笑了。

那真是個安靜的小鎮，墾丁果然是其實是另一個世界。

我終於決定在那個小小的半島上住兩個月，算是離開台灣島嶼之前，送給自己的一個禮物。好讓自己將許多事物，忘記。是不是因為海生呢？當時我沒想過。

海生說他擁有夢想。

無謂堅持著自我，我覺得有點可笑。

但他不怕我的嘲諷。大概是因為我的嘲諷根本軟弱無力吧。

單純的勇氣，就可以讓這些事物持續嗎？很多我不敢去碰的事情，一個對我幾乎陌生的海生，卻將他們全都說中了。

我喝了點酒，站在租來房子的陽台上。看向海的那邊，遠遠可以看見海邊街上動來動去的人影。

明天，還有很多的明天，我要做什麼呢？旅途的威力終於在酒精之下澈底發酵，我爬上床。等待很久沒有過的自然醒。

醒來的時候，我第一次沒有酒後的渾身痠痛。好空氣也許可以治療宿醉，我想。

我走在恆春的街上。這是一個晴朗午后。我站在海生他們店門口，看見海生的頭擱在桌上，我嚇一跳，但是故作鎮定，跪著的海生站起來。

「都這麼大了還在玩砍頭遊戲？」經過海生的身邊，假裝不以為然的說著。

「妳怎麼知道我在玩砍頭遊戲？」海生真的很像孩子。

又一次，我說出不具任何意義的話，像個孩子。

我開始記下海生工作地方的位置。抄下店名，傳回台北給我的朋友，跟他們約在這邊，作為我在台灣，又或者是這無從留戀的世界，最後的紀念。

我不知道這些感覺是什麼，海生讓我覺得好奇。

透過這些好奇，我感到願意繼續探索的心情，似乎在結束之前的日子中，可以與這個人多說幾句。我又晃到海生的店門口。他總是可以吸引我的目光。

海生正在做鬼臉，跟他的同事，他的同事感覺不是台灣人，靠近一看大概可以確定，也許是非裔的外國人，可是卻操持著標準的台語。

這半島好神奇。我以為神奇的國度要搭乘飛機才會到達，哪知光是火車跟客運就把我帶到一個未知的國度裡。

我的眼神跟海生對上時，我笑了，他也笑了。

「吃飽沒?」海生大聲地用台語對我說。

我搖搖頭，他跳了起來，我以為他要衝過來，但他摟著身邊那看似非裔的男生，走進去店裡了，並且回頭對我招招手。

我也跟著走了進去。真的是為了他對我招手，也有我不知道自己要去哪裡。在這最後時刻，選擇海生。

海生正在店裡唱歌，他走過來，拿給我歌詞。彈奏吉他的是那個非裔男生。沒有介紹沒有開始的預告，沒有音箱，外頭還是熙熙攘攘的聲音。但吉他的聲音進來，就只剩下歌聲。

那是海生的聲音。

〈候鳥與花in星月舞風沙〉

候鳥與花in　星月舞風沙
候鳥與花　在　星月下舞風沙
候鳥與花　和　星月跳舞　揚起風沙

慢慢的　沙浪就要開始
慢慢的　海潮就要開始
慢慢的　羽毛就要開始
慢慢的　飛翔就要開始

星空因為轉動知曉地球
海洋因為洶湧知曉山風
候鳥因為停留知曉旅程
你啊因為什麼知曉了我

我的微笑向來都不起眼
我的話語顏色都不鮮豔
我的花朵從來都很沉默
我的星空一直都沒有銀河

我知曉我知曉我知曉我知曉

我的惆悵繁華似錦

我的哀傷如花盛開
我的痛苦鮮豔欲滴

我猜想我猜想我猜想我猜想

鄭森忙著揚帆紅毛急著畫圖平埔族海防是嘴角呼嘯的怒吼
從康熙迎面而來想從日據跳過時代所以海浪一直拍打未來

是從那個時候
你就知曉了我

你開天闢地的強烈溫柔的排山倒海的擁抱著我
我想在你胸口睡著讓你的意念保護我

我
身是候鳥
意是花
眼是星月

而音舞風沙

候鳥與花in星月舞風沙

我知曉我知曉我知曉我知曉

我的惆悵繁華似錦
我的哀傷如花盛開
我的痛苦鮮豔欲滴

我猜想我猜想我猜想我猜想

鄭森忙著揚帆紅毛急著畫圖平埔族海防是嘴角呼嘯的怒吼
從康熙迎面而來想從日據跳過時代所以海浪一直拍打未來

我
身是候鳥
意是花

眼是星月
而音舞風沙
候鳥與花in星月舞風沙

紙上用手抄著這段歌詞，我仔細地看著這些字，沒有抬頭。

我聽著聽著，就跟著節奏與歌詞掉淚，我不是被歌唱的聲音或是海生的臉龐感動的，我是看著歌詞，對著歌詞中的感情，我聽見了過去在台北無從想像起的海洋土地日光月亮星河風吹的聲音。也無需想像，這歌聲就在這裡。

抬頭海生對著我笑。

「唱完了。」他說。「晚上打烊後有表演，要來聽嗎？可是其他的沒有歌詞，妳會不會聽不懂？我咬字不是很清楚。但是只有我會唱台語。雖然阿吉台語也很好，但是他不好意思唱。但是他男朋友會來打鼓。」海生說那個非裔男生叫做阿吉。我注意到店裡的深處有一組鼓。

「我是台灣人。但是我媽媽是非洲人。」阿吉笑著說。

我笑出來了，第一次，我很開心的笑了。不過晚上朋友們會來。不知道能不能一起聽他們表演，我舉起手。海生指著我說：「妳應該要自我介紹了吧？妳的名字是？」

「儀涵，儀式的儀，涵養的涵，我姓方。」一下子，我竟然有點害羞了起來，為了一個半島上的年輕男生。將滿三十五歲的我，海生應該比我小了快十歲。為了這樣的自我介紹忐忑不安。原本做好的準備，這幾天開始派不上用場。

「歡迎光臨，請問您幾位呢？我們這邊表演者總共三位。觀眾人數不明。」海生總是很會圓場。

我的朋友們也是晚上到，還在這裡替我辦一場單身派對，而她們並不知道，事情其實不如她們想像。「我朋友們晚上也會來替我辦一場單身派對，她們能一起嗎？我們一共四個人。」

「一樣歡迎光臨。」海生鞠了個九十度的躬身禮。

「蠻夷妳身在何處，虧妳還姓方，還不快給本宮報路！」不愧是我的好友路癡女王，明明就在地圖上醫院的對角，這樣也可以找不到。手機群組中傳來的聲音訊息，一方面讓我開心，一方面又讓我慌張，他們代表了真實生活圈跟我的連結，而我想要逃避的那個世界，卻有許多部分是跟他們一起建構起來的。

「啟稟陛下妳已經抵達。」我打字回了這句，並且附上照片跟座標。對我的路痴女王來說，再怎麼發達的地圖或是指引，都是害她迷路的幫手，這世界上沒有任何一件事物不會不讓她迷路。就連地圖大神也不行。

仍然找不到路的她，種種越開越遠的跡象。我緊張了起來，海生畫給我的地圖，剛好放在桌上，我拍起來，把照片傳給進群組中，沒有懷抱希望，只是希望在我找到其他方法與他們會合時，能拖延一點時間。

「蠻夷如你，來恆春之後就變小畫家，這麼清楚幹嘛不早點傳給我！」聲音訊息再度丟擲過來，她竟然看得懂。十數分鐘後。房間電話響起。果然是他們到了。海生的圖大家都看得懂。

「這不是妳畫的吧？快說是那來的代筆，一定是男生吧！不然才不會有人幫妳畫圖，妳

最出名的就是火柴人吶喊啊。」路痴女王從我跟高中就是同學，高中美術課時我被迫交了一個模仿孟克的火柴人吶喊，從此知道自己與藝術繪畫沒有緣分。她姓廖，廖雅然，爸爸媽媽是華僑，這名字也害她從高中被霸凌到大學，我們四人是被霸凌的四人組。她在補習班常常被外校男生取笑，叫她了然公主。

「方小姐，這房間有四張雙人床誒，是要我們四個人一人睡一張嗎？一點都不划算。」說話的是另外一個同學，戴荃瑛，第一名國立大學經濟系的高材生，大三下就被教授內定直升研究所，碩士畢直接派往紐約，現在台北會計師事務所，外商的在台的專屬稽核人員。他們公司的人都叫她女殺手。

「房間這麼小，還沒有衣櫃，衣服要掛哪？」茵楊，高二就出國的美少女，法律時尚雙修的超級天才美少女，現在在法國美國擔任布料色彩設計規劃的採購經理人並且兼任某法律事務所的全球客服執行總監，每天都

跟那些惡魔設計師跟律師工作，人美身材好，心地善良但口無遮攔，一開口就是魔力四射，對他們三個人來說，願意到這偏荒的小鎮替我辦單身派對。對我來說已經是情深義重。

「各位我們明人不說暗話，今天的單身派對完全名符其實。就是單，身，派，對。」我說。

她們各自安頓自己的行李衣物，完全沒人在聽我講話。我用力拍了拍手。再說了一次。

「今天的單身派對，就是單，身，派，對。」語畢。眾人皆住，朝我看來。

「我們不結婚了。」我說。接著一陣慌亂不在話下。我安撫爆炸的公主，倒水給生氣的美少女，阻止開始要幫我追討損失費用的殺手，然後自己再找個位置坐下來。

「蠻蠻，妳到底發生了什麼事情，慢慢說，好好說。我們都在。」公主在不發脾氣不著急的時候叫我蠻蠻，這時候的她，是我們四個人裡面最貼心最溫柔的好人。只要不要她找到我們待會要去喝酒酒吧的路。

「他瞎了嗎？還是瘋了？說錯我更正。他瘋了嗎？跟妳在一起過，應該是沒有瞎。我要跟我老闆說他這一生都不要再買他的創作。而且我可以告死他。」美少女時尚經理人向來不浪費時間。

「他必須要賠償。」殺手直接出手，沒有留情，一針見血。

「是我拒絕他的。」我說。

我並非要替這浪漫的藝術家本來會成為我先生的人找理由，而是這個人根本沒有做好準備，也沒有成家的打算，他只是希望我去歐洲，他一直都沒有要做準備的意思。而我只能在那等著要接住他的球。

「幹，我要揍他。揍死他。嗯揍傷他好了。」女王爆炸了。

「妳知道他在哪裡嗎？」我說。

「我帶她去，幫她請律師。不要請茵茵，她太貴。」殺手借刀殺人也是一等一。

「不用了，他哥哥就是律師事務所的合夥人，你不需要這樣做。」我接著說。

「他絕對沒辦法繼續在藝術圈存活。我會封殺他。而且我幫鑾鑾打官司不收錢，我喜歡對付律師事務所的合夥人，他們都覺得我是花盆。」美少女生氣了。但美少女每天封殺的人成千上萬，沒人真的因為這樣而真的被封殺過。不過她中文不好。

「是花瓶。但，不用了。我就真的走，離開這裡，反正我也其實沒那麼愛他，晚上我們一起去聽歌辦Party。接下來再說。」這時候我腦中想的都是海生的歌，讓他們聽聽這個小男生對於這個半島土地的海洋的歌聲。

「走。」這是我們四個人的默契。

我一直覺得，說要跟我結婚的他，的確喜歡的是我。但他並不愛我，他只是喜歡這樣的我。那種奇特的感覺我說不上來。他的氣質，跟海生好像好像，是一種很溫暖，但是不是只對你的那樣的，溫暖在路邊人人都可以取暖的火。

這是我對海生的好奇。這男生的氣質跟他好像好像。

我跟女生們在附近吃了知名的鵝肉攤晚餐，然後晃到附近的酒吧喝酒，到店裡的時候十點出頭，距離海生約我的時間還有十多分鐘。

「歡迎光臨，妳來啦。」海生跟我說，稍微抬頭後，就繼續他手邊的工作。

阿吉跟海生一起準備著表演之前的一些準備動作，還有另外一個男生，捲頭髮的巧克力膚色的男生。應該就是阿吉的男朋友，他在每張桌上都放著他剛點上的蠟燭，今天好像是他們本來就好像要慶祝一些什麼。我的心開始跳得慌亂而躁動。很奇特的，我向來有一種預感，今天一定會發生一些什麼。

「謝謝大家今天來，我想跟大家介紹我的吉他手，阿吉。」表演沒有什麼暖場，就突然開始了。我持續慌亂而躁動。

「大家好。」阿吉簡單的揮手。

「這是我的鼓手Gino。」海生接著說，那個捲頭髮的巧克力膚色男生站起來跟大家鞠躬。

「今天的表演是為了迎接我的男友回國，他剛從歐洲回來，等一下我再跟大家介紹他。」舞台後方的一桌，附近沒有燈光，桌上的燭火亮度不夠，看不清楚，只有一個人揮手。我不停的喝著送來的酒，不停的喝不停的喝，過去我根本不會有這種酒量，安撫我自己，這無來由的慌亂躁動。

歌聲也沒有經過醞釀的直接飄在整個空間中，是我聽過的。寫候鳥的那首歌。接下來阿吉唱了兩首，Gino Solo 一段鼓手。然後海生接著說。

「這是我愛的人。我的男友。」大家拚命鼓掌嘶吼。整個場子沸騰好像下大雨的時候。人影跟聲音還有空間通通混在一起，我看向舞台，看到海生對我揮手。我也對他揮手。接著，我看到海生他身邊的人，跟他擁抱，親吻，向大家揮手，我直覺的搖了搖頭，再看一次，我沒有看錯。海生的男友是我拒絕的他，不跟他結婚的他，我的未婚夫，海生的男友。

我叫出他的名字，也不知道他有沒有聽到。醒來之後，我多希望沒有醒來之後，但我醒了。海生坐在我的床頭。

「對不起。」海生說，我沒有力氣趕他走，我連說話都沒有力氣。

「你走。」我拚命地說，語氣都是顫動。

「我們不知道你會來，但是我跟他說之後，他就說這是妳，於是我決定這樣做，或許妳會很恨我，但是我希望妳聽我們說，他說，這一切都是他的錯。希望妳聽他說。」海生滿臉

滿眼都是眼淚，但是他聲音很清楚。我搜尋床頭四邊的人，希望有幫我說話的人在附近，但是除了另外一個我不願見到的人，一個人都沒有。

「所以你們聯合起來一起騙我。」我轉頭。

「我要跟妳說之前，妳就已經先拒絕了我。我放了心，卻沒辦法不跟妳說。」我討厭的他說了這句話，但是我依然不想轉頭。

「等妳願意聽我們說，我們再說。妳先休息。」他的聲音。海生什麼都沒說。

這是一場何等荒謬的騙局，一個我有好感的小男生，來替他的男友，我拒絕的未婚夫，解釋為什麼?這是何等荒謬的騙局。對生命沒有什麼企圖心的我，此時，一種無論如何都想活的一股氣，令我握緊雙手。

「Alonzo。」我叫住他，他回頭。

一樣是我認識的他，他大海生這麼多歲，為什麼他們會認識，會這樣千里迢迢的在這相

遇，為什麼是選在這，為什麼是我，我有百千種問句。但是不知道要先問什麼出口。

「所以這就是你對我的冷漠？因為這樣你對我做？」我邊說邊發抖。

「妳想的總是比我說的多。我沒機會跟妳說。妳先休息。晚上我們再說。」他說。

我看著他走，海生卻留下來。看著我。我交雜的無數無法言說的情緒轉身。

「你也走。」我希望我醒來不在這裡，也沒來過。只是，一醒來，海生睡著，就趴在我的床頭。

我還沒有決定要不要聽他說。

但我伸出手，推了推他。「哈囉。」

海生遞了水給我，把一切慢慢的跟我說。

他就這樣在我生命中突然出現，一出現就給我一個棒喝，當頭。

由海，而生。

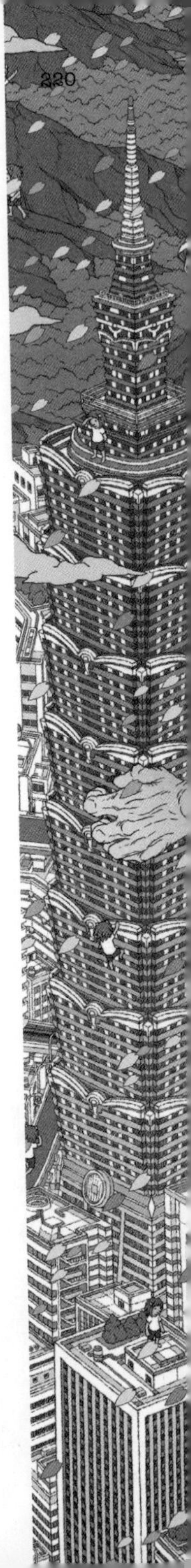

三・由愛生意

錯先生與對小姐

雖然這已經是一個對錯不分的時代。

對的時間遇到錯的人，錯的時間遇到對的人之類的事情已經不重要。

很多錯的人，做了錯的事情，結果還是對的。

工作上商業上比較少這樣的狀況，大部分人們說的都是愛情。

現在，卻不是談這件事情的時候，何況這也不是戚向南的專長。

現在，是錯的時間，戚向南則想變成對的人。

戚向南正偷偷的從七十樓邊間的安全門走出來，輕輕的掩上厚重的鐵門，這是他這個月第六次沒有跟德國的客戶早會了。

他昨天晚上並沒有把公事包帶走，西裝也還掛在椅子上，而他的桌子一向亂得分不出來桌面跟文件，他辦公室的門也沒有關上，整個情形看起來他根本就像是沒離開過公司。

剛剛他在電話裡，用了一頓午餐的代價，請秘書幫他掩護客服總監的視線跟追蹤，他正裝成剛剛在樓梯間休息完的樣子，這個月不想再度被國際客服部越洋約談，畢竟正式成為資深合夥人的他，其實沒有遲到的問題，只是當國外的客戶重複著同樣的問題，他並不想重複的回答他。

你喜歡當答錄機，我並不想當鸚鵡。他這樣對他的頂頭上司，亞洲區副所長這樣回答。

你可以拿走我的頭銜跟薪水，可是你並不能拿走我的自由。然後亞洲區所長就苦笑著看著他，並且表示其實客戶非常依賴他。對他是五體投地。

說到五體投地，亞洲區所長還特別說中文，所以戚向南這個亞洲區副所長，就照做，並且趴在地上。

對全球客服執行總監的追蹤能力，戚向南佩服到真的五體投地了。

他以近乎匍匐前進的方式準備潛入自己的辦公室，他的辦公室之前幾乎都是男生，看著一堆男生的皮鞋，他腦中不禁閃過了他在陸戰隊當莒光連隊排長，被營長虐待時的印象，不過靠著他左前方的一雙腿，把他從記憶中拉回來。

那是馬姿庠的腿，他知道。

在這家以男性偏執品味與父權著稱的外商律師事務所中，馬姿庠是他的救贖也是沙漠中的一抹綠洲，縱然馬姿庠大概也是這間公司最不理會他的人，一個日本籍男同事就說，這公司男生分成兩派，一派是馬姿庠，一派是戚向南派，而男生，通通都是馬姿庠派，包括戚向南自己。

爬著爬著的戚向南，還是情不自禁的的點點頭。

他成功的爬進了自己的辦公室，一個漂亮的滾進動作之後，他以戰鬥蹲姿對外，並立刻站立起來將門關上，但是，馬姿庠還是發現了，並且以一如往常的特別眼光看著他，接著轉過頭去。

這不是他自己胡思亂想的。是整個公司的人不停的不停的告訴他的。

馬姿庠瞧不起戚向南，鄙視戚向南。

可是，馬姿庠卻是認識戚向南最久的人。

其實他根本不在乎自己被誰瞧不起，他真的早就會學不在意，也從小就習慣那種鄙視的眼光。

而且他不覺得馬姿庠的眼光是鄙視，他不知道那種眼光的意圖，但是其實他知道那不是鄙視，對於各種類型的鄙視眼光，他是專家，他覺得她的那種是防備以及長久的疑惑，他沒有跟人家討論過這個問題，這個答案只有他自己知道。

戚向南，是這間全世界第一大的外商律師事務所裡面，唯二的亞洲籍資深合夥人。另外一個是美籍韓裔的朴大師。就是他們的亞洲區所長。一個六十歲白髮白鬍蒼蒼的老先生。但不過聖誕。

可是戚向南，他自己才是眾所皆認的怪人，剛來公司的時候，在西裝入門款是Hugo Boss，基本款式是Giorgio Armani，D&G，LV，Hermes，高級主管都穿英國訂作西服的公司裡，戚向南開會的時候穿夜市西裝，中午吃池上便當，在辦公室裡面都穿著藍色夾腳拖鞋，加班的時候不喝咖啡卻會跟南部的遠洋漁業老闆一起吃檳榔，完全不混夜店酒店KTV，騎車上班，一台很老很老的金旺九十。

大家難以想像，他這樣的人，竟然拿了英德兩國的法律最高學位，並且擁有醫學學位，全球前五十大客戶指定的跨國企業併購法律顧問，生物與醫療的指定法律顧問，法國與義大利的時尚業，更是特別指戚向南擔任他們的法律代表，專任亞洲區所有的政府單位稅務問題，這點大家都覺得奇怪，畢竟他勉強唯一搆著時尚的地方，是他沙發上那條加班睡覺蓋的花布棉被。最近好像很流行。

但向南知道都是他的兄弟會幫他，想到兄弟，就跟他看到那個花布一樣，有一種安心的感覺。

所以他把帶著這個花布棉被，從屏東到台北，從台北到巴黎，從巴黎到倫敦然後回到台北。跟著他三十多年，跟著他從小到大。

戚向南想起小時候，想起他另外的四個兄弟。

義雲東南中

義雲東南中不是武俠小說中的回目。是五個人。戚向南，戚向雲，戚向中，戚向義，戚向東。

五個人同年同月同日生，但並不是同一個爸爸生的，也不是同一個媽媽生的。更不是五胞胎。

當人家問明末名將戚繼光跟他們有什麼關係時，兄弟們不發一語。

他們是不同父不同母的的無父無母的孤兒。

他們跟神父姓的，養大他們的神父叫做戚思禮，小時候五兄弟都叫他氣死你，然後大笑跑掉，戚神父是英法混血的外籍神父，也因為如此五個兄弟都各自能說一口英文跟法文，神父很喜歡照顧台灣的小朋友，不過晚年他身體不好，決定把育幼院結束回去英國養老，但是看到五個小男孩都英挺可愛，實在捨不得，於是在結束育幼院的時候，就暫時先把這五個小孩給帶在身邊，準備找到在歐洲的養父母，好讓他一起帶回歐洲。

這些小孩同年同月同日生，讓神父覺得這是天父的安排。

就在要離去的同個時刻裡，神父已經幫孩子們募到教育基金，但卻忘記替自己的老年募到一些安然和平靜，發現自己得了癌症的神父，在半年內就被迫迅速老化，五個還在就讀國三的孩子，在神父出殯那天之間立刻孤苦無依，但是孩子的教育跟生活基金，被信託在英國的天主教會基金會，等到孩子開始念大學之後才能使用。

這中間，孩子們要獨立的活三年。雖然很多人願意幫助他們，但他們決定五個人自己團結活下來。

向南跟向東愛念書，兩個人都考上第一志願的高中。除了運動外，只愛待在家裡面，所以他們負責家管。

向義跟向中兩個人都是體保生，向義田徑，向中游泳。兩個人孔武有力，專門去工地幫忙，算家中的兩根經濟支柱。

向雲則一向什麼都不用管，腦袋裡面幾乎都裝著創作素材的他，生活的知識被擠到嘴巴跟手上，只負責把自己管好跟吃飯就好。

不過神奇的是，每次都會有人來找向雲畫畫，這收入累積起來跟向義向中倒也是相差無幾，三個人賺錢，足夠五個人開銷，他們公推最聰明的向南當總管，向南錢管得好，兄弟五人放寒暑假也一起去打工，不過他們不上班，他們夜市擺地攤賣小吃跟菜農批貨跑早市，求學期間，沒有人覺得他們經濟困頓，甚至看起來還像是小康家庭的好人家子女。

跟住在育幼院的時候比起來，他們現在過得實在太幸福了。

那些從小就附著在他們身上歧視的眼光，幾乎在他們生活中絕跡了。因為好好生活的孩子，在大家看來都是理所當然。

只是五兄弟仍然會每天他們都不停的想起他們的爸爸神父。

爸爸神父的目光，一個一個從他們兄弟臉上掃過，那目光好像一條無形的絲線，五個人同時享受這樣的目光，也被這目光給緊緊聯繫在一起。

五個人比之親兄弟還親，畫畫之外更喜歡寫書法的向雲，用了五個人的名字寫成了「義雲東南中」掛在五個人賃居的小屋裡面，他們成長的育幼院，正好在台東與屏東兩地交界處，五個人因此作成兄弟，向雲寫這字，意涵其來有自。

五個人的年紀照當天出生來排的話，剛好也是「義雲東南中」

大家都佩服向雲的書法，也感謝上帝巧妙的安排。上帝的安排究竟好不好沒人敢論斷，巧妙卻巧妙到無話可說。

五個人念到高三下，開始要去面臨升學的問題。不是沒有學校念，而是他們不知道那筆基金在哪邊。神父沒寫聯絡人。

他們翻遍了神父紀錄聯絡方式的本子，也找不到一個叫做教育基金的人。

雖然不出國念書也不會活不下去，但是升學對於向南與向東來說，是很重要的，向雲的創作也必須要更上一層樓，在台灣可能連上樓的樓梯都找不到，更何況找到這層更上面的樓，向義與向中雖然不怕沒書念，但是兩個靜不下來的人，只留在台灣，也未免太對不起他們的動態細胞了。

於是，他們從神父的電話簿上，試著一通電話一通電話的打，中文法文英文台語客語交雜的說，只為了詢問各種知曉他們的人。

這筆現金究竟在哪邊？上帝不說，沒人知道。

眼看畢業在即，五個人也還是都報考了大學，但大學對他們來說，只是一條預備的退路，畢竟人生這件事，上帝是不給退的，而路，只要走下去就有。五人相信上帝，就先做該做的事情，器皿就做器皿的事，裝載的都是上帝要給的人生。

聯考那天，五個人跟平常一樣結伴去應考。

戚家補習班班主任戚向南估計出來的成績，五個人大概都可以如願考上自己喜歡的學校，考完試當天下午，五個人就結伴騎車回屏東去，算是四分之三大人的五個人，決定將之前的人生，通通打包起來，讓新的記憶跟經歷住進自己的腦海裡，當然他們還是會給神父，留一個最好的位置。

策劃這件事情的向義和向中，連機車位置都打理好了，向義載向南，向中載向東，向雲堅持自己騎一台。

五人一路嘻笑談天，一路向著屏東騎去。

向同一個目的騎去，人生卻因此而分道揚鑣。

往西而去的兄弟們

放榜那天，只有三個人去看榜。

三個人穿著白衣黑褲，骷髏包著一層皮般凹陷的雙頰，失去靈魂好像被剜去的雙眼，三個容貌，從那一刻起，開始看起來像是一個模子刻出來，從那一刻起，全世界都毫無疑問，完全不用多加解釋的，接受了他們三個人。

毫無疑問的兄弟身分。

三個人淚眼矇矓的把寫著「戚向中」與「戚向東」的榜單剪下來，放進兩個小盒子裡面，放完，三個人嚎啕大哭。

站在榜單旁邊的人，沒有一個人阻止他們，大家默默的看著他們。因為大家都看到報紙上跟新聞上的報導，這件事情，在媒體尚未發達的當年，從地方轟傳到全國。他們並不想這樣，但是五兄弟中竟然有兩個全國榜首，其中一位命喪黃泉，讓記者們不得不來看看是那

對父母如此大喜大悲，沒看到一對父母，而是見到三個兄弟。

三兄弟顛顛倒倒的坐上一台黑色轎車。

轎車的主人是馬紹棠，一家天主教學校的家長會長，是教廷封聖的爵士，也是那個保管教育基金的人，這個剛讓自己的學生替自己開了一台大刀的馬爵士醫師，剛從醫院回到家裡面，看到新聞，才猛然想起戚思禮神父所託付的重大責任，他一邊感謝天父，一邊自責，一邊出面找到三位兄弟。

找到的時候，三兄弟早已如同耶穌釘上十架時候的門徒一樣，生不如死。

馬紹棠先生，爵士所看到的報紙標題是這麼寫的：

「五兄弟同出遊，兩人死三重傷」

「互助義行義兄弟，出遊兩死三重傷」

「同姓孤兒因神結緣，異姓兄弟陰陽兩隔」

「省道奪命，兩人遭客運輾斃，兄弟斷魂，三人送醫院急救」

向東和向中就這樣走了。有太多的不解和不公平。人們大多有見過或是參加過葬禮，但可能大多數的人沒有參加過人數很少很少很少的葬禮。

兩兄弟的葬禮，只有三兄弟參加，向南看著被送進火葬場的兩具薄棺，向義搥胸頓足的嚎哭著，向雲拿著一疊畫紙，一張一張的燒進那原本以為在天上的天堂。

「那我們先騎去找到向雲，向東跟向中你們先到住宿的地方去。」向南說。本來向東向中會一起。因為向南這句話，變成他們兄弟間，最後的對話。

向義一如往常的安排大家的工作，外出的時候，都是向義作主的，但那天的最後這句話，讓他們永遠不能再見面。向義深深自責，如果大家一起行動，就不會有向東跟向中單獨發生車禍卻無人能協助的狀況。

如果能夠早點改變計畫，就能夠救他們了的想法，在向義向南腦中揮之不去，保送體院的他。決定替向東完成讀醫學院的願望，自願重考一年，不過向義抱怨應該是向南來完成這件事情，可是向南看到血會暈倒。向義心不甘情不願的代勞，不過苦的是向南，因為向義不常念書，不是不喜歡，就是不常拿起書。可是向義的固執跟毅力，是五個人裡面最不可撼動的，沒有他做不到的事情，做不到的話就等他做到。他一個人要把向東跟向中的分量都活下

去。向雲跟向南都沒有辦法阻止，也捨不得阻止，只是希望向義能放過自己。

但三個人都都沒想到，人的想法不會勝過上帝的安排。

他們只是這麼想。但是他們都沒有力氣做。一時間，他們三人都放棄了。

三兄弟都深陷在自我責怪中。本來是天堂的房子變成地獄。但這是上帝的安排嗎？三人反覆的問，在兄弟中排行倒數第二的向南，一下子變成三兄弟的老么。兩人過世後，他總是在夜半驚醒，想起他沒有能一起成人喝酒的兄弟們。剩下他一個人會念書了，他卻完全不想念書了，他進入了思想的曠野，每天晚上撒旦都來問他要不要成為世界之主，向義像是失去了另一半的身體，每天渾渾噩噩，躺在海邊等鯨魚來吞他，向雲開始酗酒，每天抽三包菸，只會在顏料桌上用菸頭裡畫出不同層次的灰白黑褐的灰燼裡的約伯。

一起住的房間，變成黑洞，沒有盡處。三人陷在裡頭。

那段時光好可怕。要不是有馬伯伯。雖然只是短短的一個月。要是馬伯伯沒出現，可能就是人的一生這麼長，好險上帝有出手。

上帝一出手，沒有都變有。

比行家還厲害，一切都是上帝的安排。三兄弟都可以再去歐洲念書了。向雲畫了一張油畫，天空是很多層次青綠色的，有一朵白色的雲還有一朵橘色的雲，下面是一座教堂，戚神父家鄉的教堂，他們五個從小看習慣的照片，另外小小的三個人影，坐在教堂的階梯上。教堂在一大片花田裡面，構圖特別，油彩的分佈，是印象派的技法，這張圖後來被某個私人美術館收藏「上帝的安排」，是向雲的成名作。

為了找到三人，跟立刻聯繫出國的事情，馬爵士匆匆忙忙丟下手邊的工作。小小年紀的馬姿庠，沒有見過爸爸這麼慌張的樣子。一邊慌張一邊還掉眼淚，對馬姿庠來說，這是令她生氣的原因，所以從小她就不喜歡這三個男生，特別是什麼都要跟她一樣的戚向南。

本來戚向南本不會跟馬姿庠有關係，收養人在歐洲，三兄弟向西飛歐洲，馬姿庠高中畢業後往西飛美國，不過，上帝的安排並不是這樣。上帝總是要人擔任他們不願意的角色。

聖經上說，我們成了一台戲，演給天使和人觀看。

時光各織成幕

既然是戲，自然就會一幕幕展開。

回想起過去的戚向南決定明天蹺班，不管發生什麼事情，他明天都不來。他想好好想念他的兄弟。於是，他慢慢的藉著各種掩體跟蹲姿臥姿，安全回到辦公室。

可惜，道高一尺魔高一丈，他內心最恐懼的見到的，除了馬姿庠，另外一個就是潔西卡楊，現在就坐在他的辦公室，他剛剛的禱告完全沒有效果，潔西卡楊就這樣瞪著他。這個時尚跟法律雙博士的時尚美少女加上正義女神，眼神中，正映著良心的秤子看著他。

身為跨國客服執行總監，在知道有這麼難搞的合夥人之後，潔西卡決定自己來盯著這個莫名其妙的亞洲數一數二的高階醫療科技專業合夥人。但是別人不會這樣想。大家都覺得潔西卡楊對向南有意思。

潔西卡楊是公司裡面外表最亮眼的律師，也是大家最怕的律師。可是很奇怪，對大家很好的馬姿庠獨獨討厭戚向南，大家最怕的律師，卻非常喜歡找戚向南。

一物剋一物。就是這個意思。

光是潔西卡寫在公司社團裡的短文就讓所有人對她感到好奇，翻成中文之後更讓許多女同事感到臉紅心跳，中文是戚向南幫忙翻譯的。向南翻譯得莫名其妙，但是男生看得心癢體燥，不諳中文的潔西卡卻滿意得不得了，性感，主動，熱情，控制慾，女王，滿足了這個來自南加大的矽谷女王。

但幫他攬來這個工作的卻是向義，從小他就是最愛惹來街頭巷議的，這個名字果然沒有取錯。

正是向義的無國籍醫生好兄弟，派翠克楊的親妹妹，潔西卡，世界萬物都有他的安排。連潔西卡這個介紹短文也是。不過管公司的人怎麼說他，他都不以為意。他無意沾染或是攀比，他受指示代勞，就是這樣而已。

向南本來就不以為意，對誰都是如此，那年榜單撕完，他就沒有自己。他要替向東向中活著。沒有爸媽撫養失去神父跟兄弟的他，並不怨恨上帝，但他怨恨自己，也許自己應該要

在車上，應該要好好安排，應該積極參與，應該要在當時應該要做多做些什麼。

戚向南的領養人，馬姿庠的父親，是在荷蘭聖路德醫科大學已經是榮譽教授的馬紹棠，向南念書的期間，馬紹棠都在荷蘭客座腦神經外科，每年有六個月的期間，他都跟戚向南同住，要說相處的時光，馬紹棠與戚向南還住得更久，直到向南畢業，馬紹棠年紀大，回台灣退休前，戚向南一直比親兒子還親的跟著馬紹棠，也順便念了醫學學位，不過他還是選擇當律師，至於他為什麼會有醫師學位，就是因為他必須幫向義補習，與其幫忙翻譯，向南選擇自己先讀過一次。讀著讀著就拿到學位了。向義取笑自己，要不是向南他大概連四十年都念不完。

但是向義運動神經發達體力好記性好只是不會考試，憑體力細緻的觀察力跟靈活的手指練習的韌性百屈不撓的意志，終於成了外科聖手，雖然是醫生，但是向義閒不住，跑去當了無國籍醫師，好久才會回台灣一次，太太還是摩洛哥回教教長的女兒，有夠神奇。

戚向南說要先去廁所。但是現在卻被嚇回去躲在七十樓總務的邊間辦公室，一邊拍胸脯，一邊整理心上這些事情。一邊跟向義視訊，向義旁邊突然出現一個熟悉的臉龐，是向雲。

『你跑去非洲幹嘛？』向南傻眼。

『你在家嗎？幹嘛穿睡衣啊？啊算了你沒有睡衣的觀念，你穿什麼都可以睡，你不是在上班嗎？又穿這樣，我買給你的西裝呢？』向雲習慣反問回答問題。

『額，你不要管我啦，已經有一堆人在管我了。你跑去非洲幹嘛啦？幹嘛找向義麻煩啊！你快離開啦，不要待在那邊煩向義。』向南太了解這個麻煩製造機。

『我們要一起回台灣找你了。』向義摟著向雲說。

『回我們家嗎？』向南笑了。

『對，我們的家。台灣時間明天見。』向義跟向雲一起大笑。

『你們好煩。』向南是真的生氣了。他們為什麼都可以這麼自由？他也很想啊。

向南一直討厭煩惱這種事情。因為他怕自己變成會想要追求的人。但剛剛那段對話並沒有結束，向雲站起來像雲一樣飄走，向義神秘兮兮的。跟向南說。

『這次他是回去結婚的。』

『結婚？誰要跟他結婚啊？巒巒不是拒絕他了嗎？他要娶誰啊?!』

向義嚴肅端莊謹慎地說。

『在台灣，聽說小他十歲的男友。』

『幹！什麼？幹！我有沒有聽錯！幹！什麼啦！結婚個屁啦，他怎麼照顧人家啦。』

『台灣的同志可以結婚，這邊不行啊。所以要回台灣。而且他們是互相照顧，為什麼是誰要照顧誰啊？』

『蠻蠻知道嗎？哇跟男友分手後男友跟男生結婚誰會接受啊！年紀比人家大就要照顧人家啊！你們到底在幹嘛！不要亂搞啊！！！』

向南超級激動，其實三兄弟中向南他最傳統，他不是反對向雲結婚，他反對的是戚向雲這樣莫名其妙的行為，對方小姐太誇張，對大家也太突然，他不能接受。他現在很想跑回去辦公室拿東西直接下班，去海產攤喝醉什麼都不管。

可是人生沒有放過他的打算，上帝也准許了。人生根本就是撒旦的共犯。他想。

拉開樓梯安全防火門的卻是潔西卡楊，還有大樓的保全主任。他交出了他的法寶，梯間保全卡，從此以後再他也不能在樓梯間飛天遁地了。

潔西卡楊對他說。

「我要去南部休假三天，這三天內，請你準備好正式的衣服跟上班的業務拜訪計畫，讓我知道您想怎麼經營我們歐洲的精品時尚集團的團隊。」

沒錯，以後什麼名牌的亞洲法律總代理就變成他了，他最時尚的就是他的被子跟拖鞋，感覺上會很難過，不過下班時間到了。這個事務所唯一的好處就是下班沒人會攔著你。

在光復南路延吉街附近的海產店與附近的停車場經營者一週一次一起吃晚餐已經是他的習慣。被送回附近的住處也是他的習慣。他一瓶接過一瓶的喝，想起向義，想起向雲，向雲真的是很誇張，非常的欠揍，欠揍的不是因為他想做的事情，而是因為他什麼都不說，總是突然間來這麼一招，讓大家反應跟處理都來不及。但是比起擔心向雲，他更擔心蠻蠻，就是向雲的未婚妻。

知道自己未婚夫是同志。雖然早就解除婚約，但是就是因為這樣才會讓她解除的吧？完蛋了，法律出身的他，覺得這一場仗有得打了。

本來想要去接機，但是醒來向雲跟向義已經在家弄早餐，或說這裡是三兄弟在台北的家也沒錯，這是三兄弟一起買的，只有向南一個人住，向義南歐北非，向雲飄來飄去，誰知道他在哪裡，台灣這個房子都是向南一個人住，但是向南只睡沙發，房間兩層樓共四間，向義向雲的房間都是他們佈置，只有向南的房間，是客廳。

向東向中的房間一如往常，向南如一的從屏東把兩人的佈置完整的複製在台北。向義向雲也沒意見，也不會勸向南找一間住，依照他現在的經濟能力，早就可以想怎樣就怎樣，但是向南就是不要，他就是要這樣，好讓向東向中永遠留在他們的生活裡。

「你是不是要去看醫生，你有可能有精神病。」向雲這樣說。拿奶油刀指著向南，向南卻完全沒有看他一直在打電動。

「幹你才有神經病啦，你回台灣沒有跟蠻蠻說嗎。好歹人家也是我們十多年一起長大的好朋友，你他媽要跟別人結婚，你有跟他說嗎？你到底要跟誰結婚啊？我真的會被你氣死，你才有病啊！至少先跟我說啊。」向南真的被向雲氣到。

「你是弟弟誒我跟你說要幹嘛啊？你要幫我去跟蠻蠻說再見嗎？我在歐洲策展畫畫佈展就快忙死了，我跟蠻蠻說都來不及，她就解除婚約了，你說我該怎麼辦？」向雲雖然急，但是說起話來節奏有致的。

「鸞鸞先跟向雲解除婚約的是沒錯，但是向雲你自己也不應該這樣，她才一解除你就馬上要結婚，總是要先好好談過吧？」向義把蛋端到桌上，坐了下來。

「鸞鸞先解除的你確定？那就好，這樣我訴狀就不會多寫十頁了。」向南夾了一顆蛋。準備塞到嘴巴裡。

「對啊，我們在一起這麼久，從來沒有那個過，她應該也覺得很奇怪吧？」向雲也夾了一顆蛋，準備塞到嘴巴裡。

「什麼？你們在一起快七年了！沒有那個過？』向義大叫。本來準備也夾一顆蛋的他站了起來，準備吃蛋的兩人也站了起來。

「對啦，我一直都沒有跟你們說啊，我會擔心。』向雲一邊吞著蛋，一邊哭，一邊含糊地說著。然後繼續要去夾其他的菜來吃。

「戚向雲，你這樣對人家好嗎？你喜歡男生女生有什麼關係？我們會怎麼樣嗎？你到底在幹嘛？人家鸞鸞對你那麼好，根本就是你在台辦事處啊你！你這什麼意思啊?!」向南根本氣炸了。

「就是像你這樣生氣誰敢說啊，也是你硬要介紹她給我啊，我就說了我不喜歡，我不是不喜歡她啊，我不喜歡女生啦！！！！」向雲哭得很大聲，一樣非常生氣。

「你不喜歡沒關係啊，你要跟人家說清楚啊。怎麼可以這樣辜負人家。」向南年紀最小，但是兄弟中他最老成，不過他一說完這句話。向義跟向雲同時看著他。

「你有跟人家說清楚嗎？你喜不喜歡人家？」向義跟向雲異口同聲的說出這句話。

戚向南啞口無言。「我哪有！」三個人腦中所轉過的人不相同。向雲想的是鑾鑾，向義想的是潔西卡，向南自己想的是馬姿庠。不過落差太多，沒有共識，三個人都不說話了。

這頓早餐就這麼結束。向雲跟向義留下紙條，說明往南而去，找未婚夫是也，手機就沒回訊息了。向南樂得輕鬆，在家狂打電動，從星期四請假開始，乾脆請了年休。經過一個週休再請五天，管他的他就是要這樣。

未知與已知，未來跟未來

每天沒日跟自己以前的隊友打了好多天的電玩，心滿意足外，那個沒有跟喜歡的人說清楚的陰影就這樣烙在他心上。其實也未曾褪去。

多愁善感不適合戚向南。

他先不管這個啦，只是想要一個人挑戰著致命難度的關卡，這種關卡模式是可以有自由加入的隊友的，但是隊友加入可以協助殺敵，不過隊友的榴彈，不準確的近身攻擊。都會致命，只要不小心碰一下，不管是隊友還是敵人，都可以在這個模式下殺死你。所以他從來都關閉讓別人加入這種類型關卡的申請，他覺得大家都是豬隊友，他自己來就可以了。

不過這次遇到的怪獸，可沒那麼簡單，王，是最後一關的王，作為把守最後一關的王，不管向南怎麼翻騰，滾躍，閃躲，使用各種道具跟能力，他的血越來越少越來越少，終於他死在將死的怪物腳前，名為《島嶼之愛》的輻射異變恐龍，嘶吼的宣示勝利，因為他關閉了隊友的功能，不會有任何人來救他，在這名為愛的怪獸跟前，他沒有反敗為勝的可能性。

向南放下搖桿讓時間倒數，自己去喝水，反正這次是贏不了了。他準備再度單獨挑戰。不過他知道自己勝算不大，不過就是殺時間，沒贏也沒關係，設計遊戲的人，當然希望玩家可以找到線上的隊友來幫他。這才是這個遊戲最重要的道理。

但向南不想增加隊友了，除了向東向中，他不想再增加任何隊友。他救不了，但是也想再不失去的人。

突然電視傳來遊戲勝利的音樂，他喝下去的水差點噴了出來，馬上衝到電視機前面，本來瀨死的遊戲角色，再度站了起來，旁邊多了三個隊友，是他沒有加過好友的陌生帳號，他狐疑地拿起搖桿，轉向身邊的遊戲玩家，螢幕跳出視訊畫面，三個角色各自跟他打招呼。

再啟女武者：你一個人打不贏的。怎麼不找人一起打啊？

螢幕顯示頭像是蠻蠻，旁邊有向南跟一個小男生在跟他打招呼。這是怎麼回事？

雙劍女王：你給我請假兩星期是怎麼回事。我先幫你把怪物打死，你給我回來好好對付

我們事務所的怪物！我跟你說！

潔西卡楊的頭像旁，向義跟派翠克跟著一起傻笑。也跟他揮揮手，他似乎有點理解了。

第三個角色職業類別善用武器都跟他選的一樣。只有性別不同，角色安靜的沒有說話，只是背對著怪獸，也是同時背對三個隊友。並沒有任何訊息。

但是很奇怪，為什麼這些人可以加入他關閉的遊戲空間中啊，他沒有開啟這個權限啊，第三個角色這時候說話了

唯一女天使長：你幫我爸安裝這個遊戲就是想讓我爸浪費時間嗎？不讓他好好復健天天都跟你在打電玩。你到底想要幹嘛啊？

是馬姿庠的聲音啊。

戚向南倒抽了一口涼氣。好險他戒菸很久，不然他會大抽一口涼菸來鎮靜鎮靜。那天腦中閃過的三個女生為何現在都要來跟他起參加這個冒險啊？

他嚇到把遊戲關掉，決定現在就是去睡覺，反正明天的事情明天再說，一定是向義跟向雲兩個人出的鬼主意。明天絕對跟他們兩個算帳，關起遊戲機之後，遊戲內的世界就真實世界再也無關，向南喜歡這樣的關係，那些滿足他的夢想跟協力關係的所有細節，都是虛構的不用負擔失去真實生命的風險，就這樣就好了，沒有失去就不會哭泣了，他躺在床上準備睡去，想到小時候馬姿庠跟爸爸來荷蘭，大哭大鬧不回台灣，他帶他去河邊看別人溜冰的事情，那時候馬姿庠不像現在這麼討厭他，不像現在這麼恨他，也不會什麼事情都跟他比，什麼事都要跟他較量，大學的時候，馬姿庠甚至還要他每次接送她去機場，他想不起來是什麼時候，馬姿庠那麼樣的討厭他。啊。他想到了，馬姿庠說她也要念醫學院，因為念醫學院沒什麼了不起的，只要聰明就可以了，突然間他就翻臉了，連馬姿庠也不知道為什麼，從那天起，他就再也不跟馬姿庠說話了。原來是自己先拒絕了這樣的關係跟情感的？後來為什麼馬姿庠會跟他說話呢？他又在半夢半醒間想起這個往事。

因為馬伯伯的病情。馬姿庠最後沒有念醫學院，跟醫學有關的都是向南一個人去討論跟決定，馬伯母過世多年，姿庠人在美國沒有太多時間參與細節討論，他想起有一次姿庠回來，沒耐心的他跟姿庠說，不要什麼事都問，妳不懂就不要管那麼多。啊。他想起來了，原來以為是被人討厭的他，想不到是自己做的事情讓人討厭啊。

至於鑾鑾？他不記得鑾鑾的事情了，他總是來家裡，賴著向雲，不只幫向雲把屎把尿，

還幫向雲把貓把狗，上上下下無一不與，每件事情都妥妥當當。每件創作都訪問得清清楚楚，除了有一次，蠻蠻哭著說為什麼向雲都不愛她，他還一頭霧水。但他應該沒有怎樣啊？向雲從小陰柔溫婉，蠻蠻硬氣堅強，他還覺得是天生一對啊，而且大家年紀都比他大，對向南來說大家都是他觀察的對象啊，怎麼會跟他自己扯上關係，但這七年來，連向雲不在的時候，蠻蠻也是天天來家裡，幫向雲拿這個幫向雲拿這個，在這家進出自在，也常常在這過夜直接去上班，最後三餐都是蠻蠻打理的，他有一種哥哥還沒娶就賺到嫂子的感覺，自然而然地吃著喝著。衣服就丟洗衣機，起床就有東西吃，沒事打電動，回家就睡覺，他家就是適合向南這樣宅男的宅男天堂。

結果蠻蠻竟然被向雲甩了，天啊真是氣死我了。這些年來享受這些照顧跟家人般的關心，戚向雲你怎麼還給人家啊，等一下，仔細想想都是我在享受啊，向南根本不在台灣，所有的日常關愛問候聊天笑鬧過節跨年，都是蠻蠻家人跟蠻蠻給的，戚向雲根本就沒有要人家這樣做啊。為何我都要推給向雲？是我在逃避啊？還是我在佔別人便宜？

想到這，向南完全睡不著。

潔西卡呢？潔西卡楊應該就不關我的事了吧，我從認識他到現在也沒有跟他一起吃過飯，利用過她的關係人脈，沒有跟她過於親近，沒有做任何事跟她扯上關係，怎麼她也進入

我的生活了？不對。仔細想想，從她來擔任這個總監之後，身為亞洲最重要的合夥人的公關事務工作，就真的完全沒有來煩了，取而代之的，都是專業的區域法律問題，以及專業的醫療僱傭與醫病關係合約問題，潔西卡除了客戶關係外，不旦認真的分案，也將一切合理的程序更加鞏固，不合理的部分推翻汰除，要說他是客服關係執行總監，還不如說她是亞太地區副所長辦公室的最高執行官，而且他解決了向南最害怕的各種人際關係問題，最不想觸碰的賞罰懲戒問題，最爛好人的升遷加薪問題，一切的一切都在潔西卡楊到職之後迎刃而解，向南知道自己連一句謝謝也沒說。

結果全公司的人都說潔西卡是大花癡，要來倒貼向南，是公司的熱愛洋人的的代表，向南自己卻一句也沒有說，反倒跟著輿論，順著大家的話，在大家討論潔西卡的時候露出一種無辜被迫害跟牽連的表情，天啊戚向南你根本人渣啊，夢像是電視一樣被關掉，旁邊的鬧鐘響起，是他慣用的遊戲音樂當的起床鈴，戚向南好像真的醒了。

太棒了我果然是人渣，向南發現這件事情的時候剛好是星期一的早晨四點。

他決定了一件事情，不管隊友怎麼樣，他一定要把這個遊戲玩下去，好好跟大家說謝謝跟對不起，好好的說明，不只是工作，不只是關係，不只是生活，不只是生意，不只是遊戲，而且最重要的，都是大家對他的愛，這樣而已。

四・虎猴

ペンチ，是我。

ペンチ PENCHI，這麼念，片器。我的第一個同志姐妹好朋友。

我知道ペンチ不會在天上，他應該也不喜歡不習慣，但是我希望他過得好，希望他在某個寵愛他的誰的的花果山上，或是某雙溫暖的如來神掌裡，當個滾來滾去的夜明珠。

ペンチ，是日文，但是其實我以為是台語。也是為什麼我來日本後，會喜歡特別虎之門這個區域的原因。這是老虎鉗的日文發音，一開始我並不知道他是日文，我真的以為是台語。他們家是賣五金的小批發販。從小他的綽號就是ペンチ，因為親戚裡面做工的人多，爸媽就從事這個行業。

ペンチ是一個文靜秀雅的不良少年，兇猛，凌厲，但對朋友卻非常溫柔，他是我人生中第一個跟我出櫃的人，我一直掙扎要不要替他出櫃，但沒關係，我現在決定了。我想讓看過的人知道他的好。

他說他喜歡我，可是我說，我喜歡女生，我輕輕的說，我們沒有因此而生疏，他也沒有生氣他，知道我愛他，我也知道他愛我。也因此我認識了很多跟他一樣的，ペンチ的姐妹。那時候我們都還好小，還不習慣愛恨情仇。

我記得ペンチ說自己就是不會上天堂的人。在那很年輕我們都還沒有成年的時候。

我們總是在地獄裡看著天堂，像是轉開電視或在電影院裡等正片開始那樣。

是的，我們都是不會上天堂的人。我很清楚。教會向來敬愛的長輩卻告訴我，就算不能上天堂，也要有天使的高度。天使在哪啊?當時我不懂。我只有讀過《西遊記》。

我不會是，我知道，我是不是天使，但是我信主後就知道，天使並沒有上帝給的愛。就像唐三藏其實真的沒有給齊天大聖什麼慈悲那樣。

聽多了被許多人檢討的部分，其實對我來說並不會覺得習慣，知道自己是多麼不配活在這世界，對還能存活著這件事情就越發尊敬起來。

我當然知道這些都是我日後直至書寫當下尚能行動的恩典。上帝給的，不是唐僧。

可是其實我沒有那麼喜歡這樣的人生，只是有了重要的人，有了大家給的愛，我得完成我應當盡的責任。我不是用這樣來騙自己好讓自己活著，我不是討厭，只是好累。這些時候都會想起他，還沒有活到的那些日子，我這樣好嗎？ペンチ。

我想對ペンチ說，我寫出這篇來，本來想要燒給你看，但後來一想，燒了實在媚俗，也沒把握你能見到，小時候，我們一起說過我們不會上天堂。

長大之後常被問到底是幾歲啊小時候，十八九歲是小時候吧？

ペンチ。那時候的我們還是孩子啊，我就跟猴子一樣。但你不是。你像是獅子或是老虎。

少年的你，有一部分現在還在我身上，我夢到過你很多次，夢到你跟我說話。我很想你，我們那時候一無所有，卻也一無所懼。現在的我，仍然一無所有，但卻背負更大的責任，根本也不敢有夢想，沒時間做夢，因為睡不著，要做的事情太多，根本沒有時間想。

所以好懷念小時候，做得了夢，可以胡思亂想的日子。

每一次，開車或是走路或是騎車，經過中華路中華商場舊址的時候，我總停下想起你。還能的時候，我就會繼續想下去。盡量不會那麼快見你。小時候，我記得你住在這附近，就昆明街，我都會經過這，去你家找你。連媽都覺得我是要去找妹妹，搞到後來ペンチ妹妹也以為我是要去找她。

ペンチ住在中華商場附近，唸的是萬華國中，死的地方，也是在中華路上，我高三那年。他出了車禍。在送快遞的時候，被沒有打方向燈的砂石車碾斃，但是那是一台迷路的砂石車，也已經沒有中華商場了。

那時候沒有戴安全帽的規定。肇事者公司說他騎車很瘋狂，我知道很多人都會說像我們這樣的孩子，死了活該。警察開了ペンチ違規的罰單，那家公司的總裁聽說是全國警友會的會長。

不過，ペンチ他活著倒也真的是很瘋狂。我們會變成好朋友，是因為小時候，當時聚眾滋事打架，我們一起在中華路上逆向行駛。從漢口街一直逆向騎到開封街。那是我們高一的時候，整個中華路都是圍籬。

我記得很清楚，因為我跟他一起被警察帶走，他們說我們在飆車，那時候我跟在他車子的後面，他一邊騎車，一邊轉頭跟笑著對我說，我叫做ペンチ。

看前面。我說。

車禍後，我看著他被輾過的臉。我記得他騎車回頭看著我的笑臉。

ペンチ妹妹跟爸媽已經看過了，他們希望，最後是我拉布蓋起他的頭，化妝師說他盡量會幫忙我們修，ペンチ爸媽沒有多錢辦很好的喪禮，那肇事者的公司說是ペンチ的錯。

不過有了這次的經驗，後來其他長輩找我去殯儀館打工，我就不那麼害怕了。我曾經定定的看著ペンチ過。

ペンチ真的是一個俊美的少年。

幫ペンチ最後打點穿衣的細節我有些想不太起來，因為當時一直在哭，有幾個類似的生命逝去的片段重疊了，不過屬於ペンチ的，我印象最清楚的，是在二殯的。

ペンチ妹妹跟我說要一起說火來了那一刻，我環顧四周。送ペンチ的只有我們。我記憶事物的方式也是在當時讓我明白，一切都會在當下靜止不動，空間的細節，臉中的人物的衣著顏色，ペンチ妹妹的飄不起來漬著汗水的臉頰上的髮絲。

那天，火焰山孫猴子大戰鐵扇公主火焰山的場景搬演。那場大戰猴子是輸了，輸給火焰。卻不確定有沒有上了西天。

我看到ペンチ爸爸，拿掃把打著棺木的景象，ペンチ媽媽接過那把掃把，那掃把，我想大概有一千萬公斤那麼重。比齊天大聖的定海神針那樣還重吧？

重到把ペンチ的媽媽整個人拖過去黏在那個棺材上。是掃把嗎？還是什麼其他的物品，我想不起來，但是我知道ペンチ媽媽就這樣趴在那邊。

久久都不動。

辦法事的師公催促她，葬儀社的承辦人員過來攙扶著她。她的腿整個彎曲懸空，ペンチ爸爸沒辦法幫忙，扶著葬儀社的承辦，一直晃動。

ペンチ妹妹很冷靜，眼淚沒停過，她捧著牌位，慢慢的走在棺木附近，慢慢的。

辦法事的師公也催促她，她似乎沒有聽見，接著ペンチ的牌位跟那個罐子就往下掉。我衝過去接了起來。燒到一半的香頭差一點點就插進我的眼睛。

並沒有任何人參加這場喪禮，除了我們四個以外。ペンチ是個高中中輟生，連國中都沒念完用的是同等學力，先是在當時的新店念了一個私校高中。他爸媽並沒有對他不好，只是因為年紀很大又生病，家裡的生意很差，ペンチ爸爸媽媽是在小攤販的，ペンチ從小就在市場跟工地打工。下課就回家，除非我們找他來幫忙打架，其實他是一個非常顧家的小孩。長得又美又帥。只要跟他叫過快遞的公司，都會指名找他，沒人知道他打起架來冷酷如同白無常。

我回神看到要端去燒的紙紮男女，一直想到錢小豪跟林正英，人生荒謬好像電影。不過當時其實其實滿多人的。葬儀社的人比我們多兩倍。來吹奏的，收錢的，不知道幹嘛的。還有來哭的，我跟他們說ペンチ是高中生，沒有小孩，應該不需要有孝女來哭吧？他們說這是套裝的。都有來了就哭一下。

我心中想套你老北啦幹。

但是我沒有說出口。我恍神到葬禮快尾聲，我們正在排隊等火化的時候，開砂石車的司機跟司機公司的人跟著找到了我們。

司機很難過一直道歉，他在法院就道歉過了。調解庭的時候也道歉過。他還下跪一直下跪。他說他會想辦法，他說他會把他的房子跟機車都賣掉來賠他們，他說他還年輕可以再賺，希望阿伯伯母原諒她。我看他交了一包很大包的紙袋給阿伯伯母。

那個肇事公司的人說司機自己會負責賠償，跟公司無關。但是道義上公司認為一定要來鞠躬。

司機先生感覺正在進行跟阿伯伯母不知道是第幾次的解釋，ペンチ的爸爸媽媽一直在哭，也不知道有沒有在聽，說他開了一整天的車從台東開到新店幾乎都沒有睡覺不然他們會被老闆扣錢。車子是公司的他只是領薪水。所以他賣掉鄉下的房子，雖然錢不多，但是他真

的很抱歉。他一直說一直說一直哭一直哭，塞了一包東西給伯母，本來也是一直哭一直哭的這位母親。突然不哭了。

「少年耶，你足乖，我知道你不是故意的，這錢你拿回去，你的父母很辛苦。你也辛苦了。」

司機一直搖頭一直搖頭沒有接過錢，後來司機直接跑走了。跑得超快，伯母要追上去但是沒力氣跌到了。

那個公司的人在牌位前鞠了躬，就準備轉身離開。

我走過去。看著那個人，推了他一把。像是生氣的猴子那樣。

「幹拎娘你在拜誰啊？幹拎娘雞掰你知道你在拜誰嗎？幹拎娘你們家公司王八蛋一定會倒閉。」

他拜的是一個很老很老的白髮老阿公。不是ペンチ。

我記得他的名片是公關專員。他們公司是一家水泥公司。公關專員沒有回嘴。慌張地繼續找了找目標。ペンチ爸爸跟媽媽，樣子跟牛魔王的小囉嘍一模一樣。

「幹！免汝拜！汝走啦！」

我的咒罵沒有用。到現在這家公司都還是台灣很大間的公司。老闆也沒有死，還是光明正大挖著台灣的山頭。

但我聽到ペンチ的妹妹叫我，她希望我一起去跟ペンチ說火來了。

時光如空氣蒸騰卻停止，在回憶中像一條道路。沒有盡頭。

說到火來了我老實會想到抽菸，，ペンチ的喪禮是我第一次聽到火來了。後來一直到阿公過世，才又聽到火來了。葬禮結束，我不知道為什麼，那個司機留了水蜜桃給我們，他說是他家裡種的，我愣愣的看著那些水蜜桃禮盒，拿了一顆，不知道哪來的衝動咬了一口，滿手滿臉都是果汁，ペンチ妹妹遞了手帕給我，本來是拿來擦眼淚的吧，有點鹹。但水蜜桃，ペンチ妹妹問我，有沒有很甜蜜，我點點頭，倒真的是很甜蜜。

回憶就被存檔在水蜜桃那裡，那之後，火來了，跟有沒有很甜蜜，就是我跟ペンチ妹妹還有ペンチ姐妹聚會間抽菸的時候，常說的咒語。只有我跟她的一種咒語。

ペンチ妹妹出社會，在一家知名的 Hair Salon 當學徒然後當上設計師，每半年都會跟我聯絡，約了ペンチ的姐妹們，會固定在台北市仁愛路光復路口我讀的國小對面巷子裡的咖啡店，把彼此堆積許久的問候，變成火來火去的，把打火機像骰子般的彼此持把一輪後，大家在席位上對菸灰缸下好離手。喝口飲料，有沒有很甜蜜，她問我，我點點頭。然後我都會，把當時正寫著的東西，攤在桌上，帶著翻看。

一直，我都試著想要寫下這段記憶，不管是寫給ペンチ，給ペンチ妹妹，給他的姐妹們，還有給我自己，我們就像是這座城市中的一群猴群，感覺很開心見面都蹦蹦跳跳，其實卻像是動物園的猴子一樣，被隔在一個大鐵籠內，用黑水溝圍著的孤島裡，一直放大一直放大，放大到太平洋或是整個地球，就算是如來佛的視線，也都還是孤島，也都還在這裡，一直在原地。

西天如來向齊天大聖道：「好教大聖得知，汝乃獸心，需歷三千六百四十萬大劫兩千四百二十四萬小劫，方可煉得人心，駕起筋斗雲天日恆照，不將汝一身筋骨給紅塵凍散了。」

就被那個蹭到我後面一起看文章的，在出版社上班的編輯姐妹罵了：「你放屁，《西遊記》哪有這段！」日後，我不喜歡自己寫的東西還沒有寫完，就被批評但寫完的也是，不過反正我也不聽：「沒人說這是西遊記！這是我寫的小說！！裡面的角色票戲忘詞！！自己編來充混一番！！關妳妳妳屁事。這是小說啊啊啊啊啊！」長大後寫沒頭沒腦沒尾的臉書文章，想到這段都會笑出來。

不過臉皮薄的我，當下被這樣一說，決定離席去散步，他們很了解我，退席也有可能就是離席，連阻止我都懶，總之，要嘛我會回來，要嘛這此就這樣消失，下次再約的時候有可能會出現。他們知道我就是這樣。離開猴群，我就會變成小時候阿嬤阿公旁邊那隻小猴子，慌張好奇的跳來跳去。

我在忠孝東路光復路口附近晃蕩起來，我家剛來台北的時候就住在這區域。我先經過光復國小。我跟ペンチ妹妹停在這，拿起旁邊被遺棄沒有氣的籃球，在很矮的國小籃框灌籃。享受成猴的快感，像是花果山上快樂的小猴子。

ペンチ妹妹打給我，說要過來陪我一起走，其實是知道我沒拿包包，她要拿給我，她總是這樣安靜而體貼。我說好，就跟她說我要繞來這看，跟她約在這。

ペンチ妹妹跟ペンチ一樣，也是一隻美麗的老虎，但更冷靜更優雅，我看過在蘇門答臘拍攝的紀錄片，這樣的雌虎安靜地星夜裡安靜的走過大河，眼睛跟她哥哥都像是神話中深海的夜明珠。看過的都會變成浦島太郎吧我想。

我心中的小猴子們紛紛學我按住胸口，跳上彼此肩膀，發出吱吱叫聲，開心地沒有轉頭。就像國小的時候享受上著唱遊課那樣。說著的時候，ペンチ妹妹跟我說她也很愛唱歌也很愛唱遊課，我跟她說我小時候最愛上唱遊課。

我繼續跟她說著為什麼，因為我也跟ペンチ說過，那是一個每一堂唱遊課合起來之後，變得都很悲傷的唱遊課，因為我不會講國語，我只會唱。而且因為唱遊課，我永遠失去了一個朋友。就像失去ペンチ一樣。我為什麼要說這個故事，是因為我想ペンチ妹妹應該還沒有辦法接受他真的永遠失去了這個哥哥，所以她喜歡找我，聽我說她哥哥的故事。

我跟ペンチ妹妹說這故事的原因，是因為ペンチ說他不會說台語出來玩都被笑，長大後我才發現啊他們是原住民啊，幹嘛要會說台語。

我跟ペンチ說過我教他。但是我們看起來都很笑對方笑得很開心，他們也不需要學我覺得。仔細想起ペンチ還有妹妹跟我們喝酒笑鬧，就會想起剛學會說國語的我，跟唱遊課，那時候我最享受，短短七年人生使用國語最標準的時候。ペンチ妹妹跟他哥哥一樣，在這時候也笑了。

我當時超熱愛一早上學的時刻，要說明白，是我喜歡那個上學進教室的剎那，而不是整個學校。ペンチ妹妹跟ペンチ也一樣都覺得不可思議。

幾乎每天的早上，我都是第一個把教室的門踢開的人。我覺得那時候的我像是領袖跟英雄，一大早，沒人會笑我不會講國語。就像是我老是笑ペンチ，他不會講台語，都只接熟客戶的訂單一樣。我跟他說，幾乎每次喝酒都重複一次，他也每次都笑一次。

我現在還是記得非常清楚，我每次描述這段回憶的開頭都是，就讀台北市信義區光復國小一年級的我，是多麼熱愛上學。我最喜歡唱遊課。然後大家都會笑得爽得跟猴群一樣。嘰嘰嘰嘰嘎嘎嘎的。

之所以會踢門，一來是幫年紀還小的自己壯膽，二來是有同學會比我更早到，卻故意把門關上，讓我以為自己最早到而空歡喜一場。我就踢門嚇嚇他。踢門的人有時候是我，有時候是他，我先會踢門嚇人，他則先發現關門可以讓人空歡喜。

他心機很重吧。我問ペンチ妹妹，她點點頭。

那時候每天跟我比早到的同學，叫做洪敏生。有時候他早有時候我早。我早是因為我阿公阿嬤超級早起，他則是媽媽不想跟別人碰面早點把他送來。這是他告訴我的。我人生第一次擁有別人的秘密。ペンチ的秘密是最重要的，但不是第一個。

洪敏生的右手只到手腕部分。不過他一直都是班上的第一名，偶爾，我跟他並列第一，不過我有時候也會第二或第八，要看我媽有沒有揍我。

她下手很重的幾次，我都掉到十名外。可是我比較喜歡我媽，不喜歡我爸，我爸是個鄉下人。

跟我媽這種富家女比起來，我父親很讓我覺得怪。但因為這對奇怪的夫妻，我跟ペンチ有了共同的話題。每次想到ペンチ爸爸媽媽，我就會想到我的。

但是，我現在要說的不是這件事情，我現在之所以這樣寫，是怕我到時候忘記，如果我有順序計畫的寫了，等我回頭來看，就會覺得我好像要刻意提到這些事情，但我不是刻意，

這樣子我才能夠澈底的將我和ペンチ的記憶描述清楚。

我不是要讓我可以將現在的失敗，我們的失敗，各種工作中生活上的壞習慣，一切一切的罪過，通通歸責於成長時期的事件或是家庭。也沒有要替ペンチ跟我失敗的少年青春辯解的意思。我們只是猴子而已。還不是什麼齊天大聖，就是在旁邊跳來跳去的猴子而已。

回到清晨的教室裡。

因為比賽看誰比較早到的關係，我跟洪敏生變成了朋友。我想就像是我跟ペンチ成為好友一樣我這輩子好像一直認識一群很優秀的人，要壞也跟最壞的人融合變成一群，說穿了就是因為我心底深處的自卑，讓我很容易覺得別人很優秀，以至於我誤認為自己也一樣優秀，或說是我也很容易覺得自己很壞很爛，看到社會覺得他很壞很爛的人，我就覺得自己跟他一樣。

這樣的感覺一直在我身體中竄流如同血液，不過，各種挫折讓我開始發覺自己其實並不優秀，也並不壞，反而知道我自己普通到不行。

我起了一種全身的毛細孔一起打開的感覺。人生第一句同學教我的成語，就是洪敏生教過我一句成語，自欺欺人，我第一次學到的成語，他說，明明知道，自己就不是，但是偏偏騙自己說自己就是，就是自欺欺人，當時，我第一次有了這種感覺。但是當時我不懂，是真的不懂，但是又有一種說不上來的了解。

我記住了這個感覺，並且日後有這種感覺的時候，想起洪敏生跟那句成語。

自欺欺人。

我在寫作的時候也會有這種感覺，我會寫嗎？

不過我當時有那種感覺的原因，是因為我一直會幻想自己也沒有手，回到家裡故意學洪敏生把筆綁在手上，然後跟我阿嬤說這樣就會考第一名，幹，現在想起來很扯，因為我阿嬤竟然說有可能。當然，她的意思是說，因為這樣就筆不離手了，一定很用功，可是我又跟她爭辯，我跟她說，商店的老闆娘也是一直拿著筆，但是每次都算錯，根本沒念書，小時候一定不用功，我阿嬤說，就是因為會算錯，才要一直拿著筆用功。我忘記是因為我阿公說要吃飯還是因為歌仔戲開演的關係，這個問答停止。我就會變回猴子。

阿嬤再看到我這樣綁著筆，也沒有說什麼了。有一天，因為上唱遊課的關係，洪敏生手上的筆鬆了，很努力的希望將筆重新綁好。我想幫忙，並在心裡大聲的說，我會我會我會，

但是洪敏生竟然非常生氣，大聲的說走開啦，要你管，我也惱羞成怒氣起來，罵他不要臉。結果我被老師罰站，全班同學開始討厭我，誰叫我欺侮洪敏生。那次以後，我還是很早到學校，洪敏生卻跟一般同學一樣的時間來，並且再也不理我。雖然我也不理他，可是我是被逼的，其實我很想跟他和好，但是他根本不跟我講話，全班同學也都不跟我講話，我只好咬著牙。一個人上學，一個人最早到學校。下課的時候，就看著我新買的成語字典。形孤影單。我偷偷的寫下這個辭，思考著我太早了解的感覺。後來就是國小二年級，我慢慢有一些朋友，但是，我開始學習去懷疑別人。現在想起來，經過暑假，我跟洪敏生吵架的事對於國小低年級的學生來說，早就全部忘光光，暑假中發生的各種事情才是話題，這真的很重要，很多小團體的版圖都在長假後重整。但是耿耿於懷的人是我。

對於洪敏生跟ペンチ，我一直都耿耿於懷。

那之後，我就再也不喜歡唱遊課了。

思緒想到這。我已經走進了那條我已經離開很久的巷弄裡，我又開始像隻猴子般的左顧右盼。我小時候就在這裡當猴子。那裡現在就是松菸旁最後的一條巷子，一樓竟然也有店面在營業。這實在是令我訝異。

我跟ペンチ妹妹說，小時候的我，總喜歡在這邊巷口附近的一片沙地玩沙，現在早就沒有沙地了。

我跟她說了我尿在褲子上的故事。

我清楚記得有次太想要等到堆到某個段落，再回家尿尿的感覺，終於在忍不住尿在褲子裡，當時我立刻從沙地中站起來，我不想要自己的沙子裡面有我的液體，液體流動的感覺襯托著衣衫外冷冷的空氣，明顯溫熱許多的液體開始沿著大腿流下，剛剛長大的人類的羞恥也跟著流走，經過小腿，流過腳踝，透過有洞的塑膠拖鞋，我踢掉拖鞋跑比較快，開始像條闖禍的小猴一樣狂奔，忘記人類的吐納呼喊，只是嘰嘰咕咕的鬼叫。

小猴匆忙跑回家，阿嬤大聲說：

「跑去哪玩水？會冷死！」

小猴匆忙跑過客廳進浴室，一邊脫下褲子，阿嬤大聲說：

「奈耶脫褲濫！」

小猴匆忙跑進房間，把一整件迫不及待跟羞恥還有忐忑的爽快感給丟到床底下，隨便穿上一件褲子，阿嬤大聲說：

「這是你阿公的內褲！」』

小猴匆忙跑進廚房，拿起地板上的破布，快速的把地上的水漬給擦乾，阿嬤大聲說：

「免啦！你免擦啦！你要被我打了！」

小猴匆忙跑進浴室，打開水龍頭把破布浸濕，阿嬤大聲說：

「你甘會曉洗？」

小猴匆忙跑進後陽台，將破布丟進洗衣機的脫水槽中脫水，阿嬤大聲說：

「有洗乾淨嗎？」

小猴匆忙的將破布取出，披瀝在後陽台的水泥圍牆上，阿嬤大聲說：

「還要去哪裡？」

有時候，我們想念一個人的時候，會比上廁所還急的想要跟誰說說他的事情，對吧？我跟ペンチ妹妹說。她點點頭。

我跑得再快也追不上沙地消失的速度，一轉眼那邊就變成別人的了，變成一座車庫，上面寫著二十四小時貨物進出，請勿停車的字樣，我在車庫四周繞了幾圈，車庫前還有被焊在柏油路裡面的鐵欄杆，小猴的高度剛好撞到欄杆，車庫打開倒車出來，車子的輪子正好從猴子頭上輾過，車庫主人大概還想要在車庫前面再另外佔一個車位，人都是這樣的，猴子卻不知道。

我用腳尖把小猴的屍體稍微挪開一點，然後把菸拿出來抽，好像我已經長大了那樣，我曲坐著，像動物園裡面猴島的猴王，蹲在假的高高石山上面，往下看。

會有好多猴子在猴王的下面佔位置，說來還真可笑，在監獄裡面還要佔位置，我到動物園去的時候常常在心裡面這樣笑猴王，不過在人類的監獄裡面還真的要佔位置，但是我不是要笑過我那些坐過牢的叔叔伯伯，或是在菲律賓被美軍關過的阿公。

阿公也喜歡多佔一個位置，他是個勤勞的漁夫懶惰的農人，阿嬤說他喜歡出海，不愛下田，阿公會幫我佔位置，雖然我小時候根本就不需要佔一個位置，但是他總是習慣性的，多佔一個位置。不管是他在送我上公車的時候，或是去爬山坐在某處休息的時候，或是去醫院看病的時候，或是在家裡面樓下幫爸爸叔叔伯伯佔車位的時候，阿公總是會要堅持多佔一個位置。

我問阿公：「這位要給誰？」阿公吐出一朵雲，又吐出一朵雲，又吐出一朵雲，雲裡面隱約閃爍著微弱的紅色星芒，那是太白金星，我就在那雲裡翻來覆去跟太白金星打混仗，搞不清楚狀況的弼馬溫，阿公不回答猴子的問話，雲一朵一朵的被他吐出來，我明明起了問問題的意，卻沒有得到答案的心，輕易被這些雲打發，在朦朧裡沾沾自喜的像隻猴子。

我在車庫前面的鐵欄杆上面坐下，吸了一口，學阿公吐出了一攏雲霧，鬆鬆散散的沒有溫度，沒有阿公吐出來的那樣深厚，那樣嗆鼻，那樣的讓人覺得有種安心的感覺，不過看到這個車位，我突然了解，阿公為什麼要多佔一個位置了，因為他怕突然會有人回來，怕他們沒有位置。

總之不是坐觔斗雲，猴子的屁股都不會舒服。

你想要在誰的心中佔一個位置呢？ペンチ妹妹問我。

我不知道。我搖頭，沒有菸了。也沒有阿公了。我自言自語的說。

這時候的巷道很寂靜，沒有什麼人車，是剛過傍晚的關係，附近都是住家，來往的車輛很少，樓比以前多，停放的車也多了，位置變少，不過阿公一定可以多佔一個位置，這是我家的人都知道的。我們往東區的方向走，見到了松菸。過去這邊是一堵圍牆，現在視野廣闊還有養羊。

現在這條巷道裡面確定是沒有位置了，我們只好繼續坐在別人的鐵欄杆上面，被輾死的小猴已經沒有溫度了，我吐出來的煙霧，也還是冷冷的，我伸手把小猴的屍體拎起來，裝進

我的包包裡面，站起來往巷道的深處走去，那邊有一條大水溝，我想把牠丟進去，送去要送去兼營寵物寶塔的小型焚化爐燒掉，超過五公斤就要五千塊以上，而且相熟但是囉唆的動物醫生，也就是阿嬤吧，一定會問我這猴子哪來的。

「撿來的。」

我小時候從大水溝掉落，一身惡臭黑泥回家之後，阿嬤問我說：「你整身軀這樣從哪來？」

我就是這樣說，總不能說是天火煉的或如來佛祖拍的吧。

小時候也說不出來這樣的辯解。但這身軀總歸是髒了。

人生，既是撿回來的，最後也就是一句，火來了。

ペンチ妹妹牽起著我的手，眼淚掉在火上頭。

我這苟活的猴無法齊天而起，更不耐耶和華的爐鼎燒煉，加之不諳不識人言，常遭人生正拳一頓痛打。

可我想，我回答是有根據的，我的確是自己那些小朋友們奮力從大水溝之中撿上來的，撿起來的時候渾身冰冷，也不是水溝的臭水有多冷，是嚇到的關係，小猴屎尿齊發。

猴子被威嚇之後會躲到自認為安全的地方，我掉到黑水溝那天之後，阿嬤他們找我一天不知蹤影之後決定報警卻發現我躲在床底下。聽到這，ペンチ妹妹大笑起來。啊就真的啊。我說他們找我一天耶。但家裡都沒找。

笑完了她問，去日本工作，一切都好嗎？

我馬上想到了猴子泡溫泉的故事，霹哩啪拉的就跟ペンチ妹妹說，我看日本猴子一定有在水裡尿尿。剛好延續剛剛的話題。在日本東北地區工作時，跟同事去泡溫泉，當地人說，那泉水是猿之泉，不就是給猴子泡的嗎？注定要是給我泡的啊。

我一去，見到日本猴子在遠處泡溫泉，我把溫泉旁邊的雪擰成一團黑黑的雪泥球，往那群猴子丟過去，沒有泡溫泉的猴子也丟過來，但是牠們很遜的沒有辦法捏成球，所以丟過來的是一團黑色的分散的冰沙。

冷冷的，髒髒的，卻很真實，差點都撲在臉上。我跳了起來，但是滑倒在池邊，一著地就整個橫躺在地面上，從框框中看出去只能看到人的腳。ペンチ妹妹說我每次都只看這個角度，我就是個變態戀腳癖，可是我看的是我阿嬤耶你，我在那巷子口低聲地說。

「免躲啦，憨到那相猴喔你！』

我從床底下爬出來。揮手蹦蹦跳跳的說著：「我沒有躲啊。」

阿嬤說：「猴喔你！跳阿跳！踩到火炭嗎？」

小時候的我總會按住胸口，回答阿嬤說：「心頭燒燒燒！心肝跳跳跳！」像是廣播的人說了吃了藥之後那樣的藥效的感覺。也許是王母的秘藥吧，我心裡的猴子這樣想著。

冷冷的ペンチ跟ペンチ他妹妹，就像我心頭的火那樣。兩頭像是火焰一樣的老虎，又冷又美，卻那麼灼熱。

你明明就有躲。ペンチ妹妹說。你是不是有在日本交新的女朋友？她問我。我們所有人都在等你分手誒。

夜明珠那天滾進我的心頭跟眼眸。我的心上，堆著一些新約羅馬書十二章那樣的炭火。

我第一次對火來了三個字有印象。就是ペンチ他妹妹跟我說。在ペンチ過世那天還有這天。

這是ペンチ跟他妹妹真正的人生。加上我。

也是司機跟ペンチ爸爸媽媽還有ペンチ他的姐妹們，真正的人生。

很可惜我們不是猴子。我希望那個司機能夠原諒自己，這是ペンチ的命，他認命了，阿伯伯母也是。我們不住在花果山。

在東京工作時，我繞著皇居周遭跑步，從清晨的虎之門出發，每當喘不過氣，我總是會學著猴子吼叫的樣子，嘰嘰吱吱圈著嘴咧著牙的扭曲臉目，擠出一些眼淚跟汗水，沒人逼我。想寫這些，也沒人逼我，想起一些已經過去或是還擁有著的愛，會不會很痛苦？

這樣很痛苦嗎？

並不，想著這些記憶，就像是下載停在水蜜桃那邊的回憶一樣，美，甜蜜。

像火。

後有自

保羅說

這段話是這本書的出處，記載新約聖經羅馬書裡面，羅馬書是使徒書信的一部分，是使徒保羅寄信給羅馬教會的弟兄姐妹說的話，那時候羅馬的弟兄姐妹剛認識這樣的神，他說的話我記在下面。我會做一些或多或少的不盡然正確，但是我從這個信仰中所理解，而出發的稍微解釋。

這是羅馬書十二章記載的。

十二章第一節：所以弟兄們，我以神的慈悲勸你們，將身體獻上，當作活祭，是聖潔的，是神所喜悅的；你們如此事奉乃是理所當然的。

這段話的意思，對我來說就是希望我把自己獻給主，至於聖不聖潔我不敢說。但神真的

喜悅他所造的，我們被上帝愛真的是理所當然。

十二章第二節：不要效法這個世界，只要心意更新而變化，叫你們察驗何為神的善良、純全、可喜悅的旨意。

不要效法這個世界啊。就是世界上莫名其妙的理論緣由潮流。都不是你立刻需要考慮而執行的。但是我們作為神的兒女，要記得，善良，純全，神愛的，喜悅的，我們都要去思考警醒然後，做。

十二章第三節：我憑著所賜我的恩對你們各人說：不要看自己過於所當看的，要照著神所分給各人信心的大小，看得合乎中道。

這個我是保羅自己，他有很多恩賜，但我們不是保羅也不是上帝，不要套用這句話，但是注意保羅說的，不要看自己過於所當看的，恩，我們都不是神也不是耶穌，不要以為你讀了經或是知道了什麼，就要去跟弟兄姐妹規定什麼，反倒是請回歸到上帝，看看自己是誰，有沒有合乎神的適切的教導。

十二章第四節：正如我們一個身子上有好些肢體，肢體也不都是一樣的用處。

沒有人可以是萬能的，每個人都跟身體每個器官一樣有各自的用處，如果我的恩典是肛門，我就不會想要變成嘴巴。

十二章第五節：我們這許多人，在基督裡成為一身，互相聯絡作肢體，也是如此。

請有自覺。不要一直想當大腦。

十二章第六節：按我們所得的恩賜，各有不同。或說預言，就當照著信心的程度說預言，

同上。但沒事不要亂說預言。如果沒有可以檢核的長執。請務必閉嘴。

十二章第七節：或作執事，就當專一執事；或作教導的，就當專一教導；或作勸化的，就當專一勸化；施捨的，就當誠實；治理的，就當殷勤；憐憫人的，就當甘心。

甘心啦。不要在那邊亂換職務。

十二章第八節：這段經文是愛的真諦。

愛人不可虛假；惡要厭惡，善要親近。愛弟兄，要彼此親熱；恭敬人，要彼此推讓。殷勤不可懶惰。要心裡火熱，常常服事主。在指望中要喜樂，在患難中要忍耐，禱告要恆切。聖徒缺乏要幫補；客要一味的款待。逼迫你們的，要給他們祝福；只要祝福，不可咒詛。與喜樂的人要同樂；與哀哭的人要同哭。要彼此同心；不要志氣高大，倒要俯就卑微的人（人：或作事）；不要自以為聰明。不要以惡報惡；眾人以為美的事要留心去做。若是能行，總要盡力與眾人和睦。親愛的弟兄，不要自己伸冤，寧可讓步，聽憑主怒（或作：讓人發怒）；

因為經上記著：主說：伸冤在我；我必報應。

所以，你的仇敵若餓了，就給他吃，若渴了，就給他喝；因為你這樣行就是把炭火堆在他的頭上。

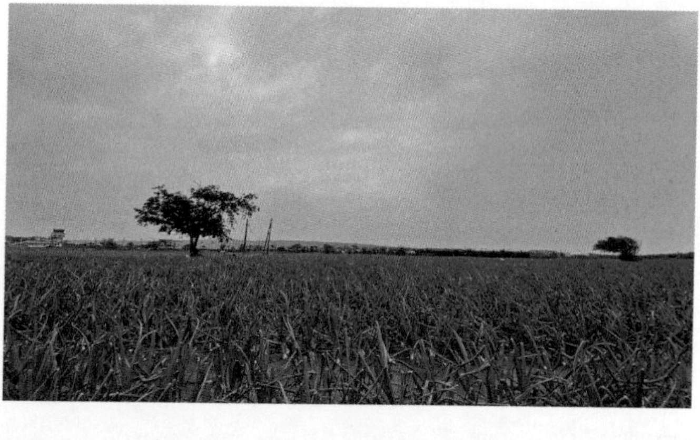

你不可為惡所勝，反要以善勝惡。

人生中我被惡打敗了，好多次好多次，我都不相信我自己的，可是我相信神跟善娘。所以我努力站起來，或者說我就算倒下躺著，也有想辦法勝過惡。因為我被愛著，我有愛。

神給我的愛。你們給我的愛。謝謝你們。

愛是火，
愛是海洋
愛是陸地，
愛是船，
愛是港，
愛最甜蜜。

LOVE 036

甜蜜編年

作　者—王俊雄
主　編—李國祥
企　畫—吳儒芳
創意總監、攝影—王俊雄
插　畫—鄭景文
設　計—廖勁智
總編輯—胡金倫
董事長—趙政岷
出版者—時報文化出版企業股份有限公司
一〇八〇一九臺北市和平西路三段二四〇號三樓
發行專線—（〇二）二三〇六—六八四二
讀者服務專線—〇八〇〇—二三一—七〇五
（〇二）二三〇四—七一〇三
讀者服務傳真—（〇二）二三〇四—六八五八
郵撥—一九三四四七二四時報文化出版公司
信箱—一〇八九九臺北華江橋郵局第九九信箱
時報悅讀網—http://www.readingtimes.com.tw
時報出版愛讀者—http://www.facebook.com/readingtimes.fans
法律顧問—理律法律事務所　陳長文律師、李念祖律師
印　刷—勁達印刷有限公司
初版一刷—二〇二一年四月九日
定　價—新臺幣三九〇元

時報文化出版公司成立於一九七五年，
一九九九年股票上櫃公開發行，二〇〇八年脫離中時集團非屬旺中，
以「尊重智慧與創意的文化事業」為信念。

甜蜜編年 / 王俊雄著.
-- 初版. -- 臺北市 : 時報文化, 2021.03
面； 公分. --（Love ; 36）
ISBN 978-957-13-8753-6（平裝）
863.55　　110003121

ISBN 978-957-13-8753-6
Printed in Taiwan